一个人在他的岗位上能够做到最好，这就是他的最大政治。

　　熊育群，广东文学院院长，同济大学兼职教授、杰出校友。作品获得第五届鲁迅文学奖、第十八届百花文学奖、第十三届冰心文学奖等，个人入选全国文化名家暨"四个一批"人才、广东省文学领军人才、德艺双馨作家等。

　　出版有诗集《三只眼睛》《我的一生在我之外》，长篇小说《连尔居》《己卯年雨雪》，散文集及长篇纪实作品《春天的十二条河流》《西藏的感动》《走不完的西藏》《罗马的时光游戏》《路上的祖先》《一寄河山——大地上的迁徙》等20余部。《己卯年雨雪》《西藏的感动》《无巢》《生命打开的窗口》《我的一生在我之外》等作品在德国、俄罗斯、意大利、匈牙利、埃及、约旦、日本、英国等国翻译出版。

子 夜

（代序）

今夜
雨已停歇
泪水砸痛泥浆的土地
冰雪在北方
穿透风的呐喊

枕藉长江的城市
空旷的街道
灯火从不阑珊
腊月　正月　二月
比江还长的诀别
不知姓氏　不知长幼
归祖之路
连绵的络绎的
死亡
不可遏止

子夜
昼短夜长
书写一位耄耋老人
那一夜匆匆行色
何以连接了万家哀哭
他的眼泪
落成一个国家的泪水

庚子孟春　谁闻啼鸟
南国之都
幕墙挂不住春天的雨水
幻听之声　来自大唐
斯夜　黑色燃烧
天不放亮
谁独不眠
白衣　白衣
执手以援　如蝶如仙

　　　　　　　2020年3月6日　子夜

目 录

第一章 庚子年 "新冠"之殇
- 1 -

第二章 癸未年 "非典"之痛
- 73 -

第三章 上医 顾念众生
- 161 -

第四章 挫折 强者之阶
- 185 -

第五章 负笈英伦
- 221 -

第六章 耿介之士
- 245 -

后 记
- 253 -

钟南山简历
- 276 -

第一章

庚子年『新冠』之殇

这一路奔走,如同梦境中穿行,不只是空间在跨越,时间似乎也在这个时刻恍惚……抗击『非典』那年他六十七岁,今年八十四岁,十七年的岁月仿佛一眨眼就溜过去了,只在青丝上留痕,秋霜似的白发笼在他的额头。想不到耄耋之年还要与病毒交战。

一

太阳融入一片如霭似雾的灰白中，天地黯淡了许多。己亥年是个暖冬，不记得有多久没有下雨了。岭南的植被却依然绿得葱郁。地平线低垂的天际并不通透，磨砂玻璃似的，只有头顶的天一片浅淡的蓝。从市区的星光快速拐上外环，再转广珠西线，车一路顺畅。广州南站很快就到了。

二楼站台上，钟南山与他的助理苏越明匆匆下车。早已等在大门口的工作人员迎了上来。

这个中国最早建成通车的大型高铁车站，屋顶形状俯瞰如一片并联的竹蛏壳，仰看则轻盈似帐篷。超大空间下，到处是排成长龙的队伍，人山人海里一件件笨重的行李随着人流移动着。夕阳隐退，华灯初上，钟南山来到出发大厅，顷刻淹没在人群之中。

国家卫健委医政医管局监察专员焦雅辉给苏越明打电话，他正在做饭，来电说，武汉疫情紧急，请钟南山当天赶到武汉。钟南山这时正在开会,与专家商讨新冠肺炎疫情。新冠肺炎疑似病例已在深圳出现。昨天他在深圳看了两例不明原因肺炎病人,广东有关部门立即召开了会议。下午,广东卫健委还将召开专门会议进行讨论。这些天,钟南山参与深圳病人治疗的同时,也密切关注着武汉的情况,心里十分担忧,一直在琢磨着新冠病毒。

苏越明放下电话看了一下手表,正好是中午11点。他马上给钟院士打电话。钟南山听了电话后停顿了一会儿,说:"下午还有会议,当天赶到有困难,明天行不行?"

苏越明马上回复国家卫健委医政医管局专员的电话,说缓一天到行不行?焦雅辉说他们要商量一下。

苏越明感到事情不同寻常,赶紧查当天的机票,所有航班机票都已售罄。又查高铁票,也全部卖光了,连站票都没有了。

焦雅辉的电话再次打来了,他们已经讨论过了,一定请钟院士今天赶到武汉。苏越明告诉她订不到去武汉的票了。焦雅辉说他们来联系铁路局,请钟院士坐高铁过来。

焦雅辉还不放心,又直接打通了钟南山的电话,她告诉钟南山,卫健委组建了一个高级别专家组,马晓伟主任想请您去武汉研判一下疫情,到底是不是人传人。

钟南山说深圳也有病例,通过深圳的病例来看,应该是有人传人了。有一位老太太从来没有去过武汉,她家里人从武汉回到深圳发病,老太太也发病了。

焦雅辉说:"您赶紧到武汉来吧。"

钟南山说:"19日过去行不行?我正在跟同行会诊深圳的病人,他们病得很重。"

焦雅辉是个爽快人,说:"肯定不行,18日必须连夜过去。我们都要求专家今天赶到,大家一起来开会研判,确定这个疫情。"焦雅辉语气急切,弥漫着一丝焦虑。

钟南山说,他下午会诊完了赶过去。焦雅辉又补充了一句:"您无论如何都要今天连夜赶到武汉!交通我们来帮您协调解决。"

事情来得突然,不同寻常,钟南山却并非没有预感,冥冥中他似乎知道会有事情找他,但他没有想到这么急迫。国家需要他,又是这么重要的事情,对方话刚讲完,他就说:"我下午开完会,晚上肯定赶到!"

正是春运高峰时期,国家卫健委通过刚刚筹建的国务院联防联控机制跟交通组联系,请他们想办法解决车票。落实的结果是,由高铁站的工作人员把钟南山和他的助理带上车。没有座位,可以给他们准备两张小板凳。

钟南山吃完午饭,来不及回家收拾行李,就直接去广东省卫健委开会了。苏越明下午帮他去家里收拾行李。他赶到卫健委会场,广东专家正在就新冠肺炎疫情进行分析和讨论各种对策。这时,广州南站工作人员给他打来了电话,告诉他车站可以把他们送上高铁。

下午4点30分,钟南山急匆匆走出会场。苏越明赶紧起身,两个人一起下了楼,直奔高铁站。

赶到高铁站,身穿蓝黑色制服的姑娘带着他们急忙往安检口赶。入站口长长的队伍已经消失,电子屏显示:广州南—武汉,G1022次,17点51分开。

这是最快离站的车,车从深圳北站始发,经停广州南站。等他们一进站,工作人员就关了闸。车厢满座。姑娘找到列车长,跟他说明了情况。列车长把钟南山带到了餐车,给他们安排了两个座位。

钟南山身穿咖啡色格子西装。这是他早晨出门时穿的。衬衣和西装,在广州穿刚好。但武汉肯定要冷得多。苏越明问要不要穿毛衣,他一边问一边去行李箱取。钟南山示意他不要找。他穿衣冬天也穿得很单薄。苏越明收拾行李时给他找了一套换洗衣服、一件毛衣和一件羽绒服。他以为此行只在武汉待一天。

拿出手提电脑,钟南山开始工作了。

昨天钟南山在深圳调研,有一家人从武汉回来,陆续染病,住进了港大深圳医院，患者中有一个并没有去过武汉。这是一个相当危险的信号！国家卫健委很早就组织专家飞去了武汉。后来又陆续有专家赶到。这次再紧急召集专家赶赴武汉，看来情况不妙。他给武汉的医生打电话，了解疫情。接电话的都是他的学生。

他又赶紧在电脑上寻阅相关的材料和信息，进行整理分析。他似乎忘记了这是在高铁上，工作起来全神贯注。苏越明知道这时候不能打扰他。

晚上8点多钟，钟南山想起还没有吃晚饭，他感觉饿了。苏越明马上点了两份土豆牛肉饭。吃过饭后，苏越明去补了两张车票。

列车长跑过来退钱，说钟院士是为国家才去武汉，我们不能收他的饭钱！苏越明不肯，推让几次，拗不过列车长那双大手，只好把钱收下了。

晚上9点钟，钟南山太困了，他头靠在低矮的靠背上，闭上了眼睛。不久前他病过一场，低烧、咳嗽，身体虚弱又疲惫。看到眼前的一幕，苏越明心里一动，偷偷用手机拍下了他打盹的照片。时间是9点15分。这张照片后来迅速在网上传开。照片里可以看到红色的硬座，乘客都在低头看手机，他几乎是唯一的老年人。

十几分钟后,钟南山又睁开了眼睛,他让苏越明在电脑上记录下他对疫情的研判:一是他判断新冠肺炎肯定人传人;二是要重视早发现、早隔离,提醒公众没有特殊情况不要去武汉,减少出门,避免聚集……

2020年1月18日这一天,网上公开的信息,武汉新型冠状病毒感染的肺炎患者新增确诊病例59例。

二

最早报告不明原因肺炎的是湖北省中西医结合医院的张继先医生。在这个暖冬,她几乎天天是医院与家两点一线的生活,家在香港路,到医院走路也就20分钟,坐地铁一站路。从武汉大学医学院医学系毕业,她在这家医院一干就是30年,医院已经成了她人生的中心,每周两个上午看专家门诊,其他时间都在病房处理问题,忙得想出趟国都没有时间。这个来自黄冈回龙山镇的矮小女子,做事爽快、利索,说话快又富有感染力,有股武汉人不服周的倔劲。

2019年12月26日下午，医院门诊量大，张继先2点上班，4点多，给一个花甲之年的妇女会诊。患者姓杜，她发烧、喘气。张继先看到了一张磨玻璃状肺部片子，感觉有些异样。

病人已经住院。冬天病人多，科里病房全都住满了。杜女士被安排在走廊。张继先看到她病情重，走廊上只能用氧气瓶，她担心晚上出什么问题，22号病床病人病情较轻，就让她腾出病床，安排杜女士住了进去。张继先判断病人是病毒感染，她交代值班医生，要注意病人的呼吸频率、氧饱和度等。

第二天，杜女士病情还算稳定。上午10点，在神经内科住院的一位姓张的老先生也发现肺部异常，他因右眼看不清东西住院。神经内科的医生打电话给呼吸与危重症医学科，请求会诊。呼吸与危重症医学科的医生去看了病人情况，请示主任张继先，于是，决定转到呼吸与危重症医学科。

病人办理转科手续时，要求与姓杜的这位病人住同一间病房，原来他们是夫妻。昨天，他们俩由一位亲戚开车送来医院看病。杜女士刚参团去贵州旅游，她去贵州前就有些咳嗽，旅途开始发烧。回来时全身乏力，咳嗽加重，伴有气短，晚上则发热为主。杜女士25日去武汉市中心医院看过门诊，再转来中西医结合医院看病。

听说他们是夫妻，张继先神经紧绷了一下，似乎有什么不对。她拿了CT片一对比，果然是类似的症状。张继先意识到了问题，当年参加过"非典"防控和排查工作的她，那根神经苏醒了。

帮助张先生办理转科手续的小伙子鞍前马后地跑，一问，他是这对夫妻的儿子。小张一米八的高个头，身体健壮。张继先要他也做个检查。小张的妻子听到公公婆婆这个情况，也建议小张检查一下。

小伙子拍了胸片。当张继先拿到CT片时，她吃了一惊——三个人竟然如此相似。张继先又给他们一家三口做了甲流、乙流、合胞病毒、腺病毒、鼻病毒、衣原体、支原体等与流感相关的检查，病人全部呈现阴性，流感排除。这时候已是中午12点钟，到了下班时间。

下午2点一上班，张继先第一时间就给公共卫生科的主任打电话，没人接，张继先就跑去了办公室，也不见人。她又去找医务部主任，把情况说了一遍，对方再打公共卫生科主任的电话，仍然不通。张继先不敢再等了，她直接给分管业务的副院长夏文广打电话。没想到副院长的电话也没人接。

在遣人去找副院长时他电话打回来了。夏文广正在江汉区疾控中心开年终总结会，听到这个情况，他当即向疾控中心做了汇报，又布置医院马上组织讨论。区疾控中心派出两位专家，下午4点多他们就到了医院，采了样，做了流行病学调查。张继先对这一家人进行了隔离，又告知所有医生护士接触患者时要戴口罩。

一家人得同样的病已经非常奇怪了，没想到当天又来了一位方姓的中年男子，他人矮胖，同样发烧、喘气，肺部与张家三口十分相似。这位病人在华南海鲜批发市场开了个门店，专做冻鸭、冻猪肉等冻制品生意。他也住进了医院。

张继先于是把自己科室的病人全部清走，转到其他病区去了。

28日、29日两天，又有3位病人来看门诊，病情相同，他们都在华南海鲜批发市场工作，彼此之间相互认识。29日下午来看急诊的两位姓方，是方先生的堂哥和堂弟，他们帮方先生的冻制品店搞搬运。病人病情严重，从120救护车上下来，坐上轮椅，快喘不过气来。张继先看过CT片后，要他们直接去传染病专科医院武汉市金银潭医院。

中西医结合医院召集呼吸科、院感办、心血管、ICU、放射、药学、临床检验、感染、医务部的10名专家进行会诊。询问病人之间的关系，张先生一家与后面来的病人都不认识，他们全家也从来没有人去过华南海鲜批发市场。而方姓病人透露，还有两个跟他一样的病人去了同济医院和协和医院。他们都是华南海鲜批发市场的商户。

传染病需要转去金银潭医院。张先生一家不太相信自己得了传染病，反倒担心去了那里会被感染，至少一家人不能全都过去。通过医院做工作,张家要求留下儿子。张继先答应如果小伙子病情有好转就留下,否则一起转院。再次给小张检查,他的肺部有好转,就答应了他们的要求,儿子继续留在中西医结合医院治疗。

12月30日,武汉市卫健委下发《关于报送不明原因肺炎救治情况的紧急通知》,《通知》说明了武汉市华南海鲜批发市场陆续出了不明原因肺炎病人。为做好应对工作,请各单位立即清查、统计近一周接诊过的具有类似症状的不明原因肺炎病人,要求当天下午4点前统计报送市卫健委医政医管处。

当晚深夜11点,中国疾病预防控制中心主任高福从微信看到了这一信息,经核实后,他立即打电话报告了国家卫健委主任马晓伟和3位分管副主任。12月31日凌晨3时许,国家卫健委专家组组建;6点50分,国家卫健委专家组从北京乘坐第一趟飞武汉的航班,上午就赶到了武汉。

武汉市卫健委12月31日发布《武汉市卫健委关于当前我市肺炎疫情的情况通报》,《通报》说明:"近期部分医疗机构发现接诊的多例肺炎病例与华南海鲜城有关联……目前已发现27例病例,其中7例病情严重,其余病例病情稳定可控,有2例病情好转拟于近期出院。病例临床表现主要为发热,少数病人呼吸困难,胸片呈双肺浸润性病灶。目前,所有病例均已隔离治疗,密切接触者的追踪调查和医学观察正在进行中,对华南海鲜城的卫生学调查和环境卫生处置正在进行中……到目前为止，调查未发现明显人传人现象，未发现医务人员感染。目前对病原的检测及感染原因的调查正在进行中……该病可防可控，预防上保持室内空气流通，避免到封闭、空气不流通的公众场合和人多集中地方，外出可佩戴口罩。"

当天很多媒体报道了武汉市通报肺炎疫情的新闻，核心提示：发现27例病例，未发现明显人传人现象。

12月31日，由国家卫健委副主任于学军带队的专家组一抵达武汉，就分为两个组，一组去华南海鲜批发市场进行流行病学调查；一组临床专家，到金银潭医院分析病例，确定诊疗方案。他们元旦夜通宵工作，第二天就出台了9个文件，包括定点医院、发热门诊、医生防护、院感、转院等，文件首先在武汉市下发。

2020年1月2日，中国疾病预防控制中心在获得武汉标本后，中心主任高福带领科研攻关团队3小时获得实时荧光定量RT-PCR检测阳性结果；24小时完成第一株新型冠状病毒全基因组序列测定；48小时成功研制完成高特异性和高灵敏度的核酸检测试剂；1月7日，病毒分离培养成功，在电镜下观察到了典型的冠状病毒颗粒形态。这为科学认知疫情提供了最为重要的病原学证据。中心第一时间向世界发布新型冠状病毒全基因组序列及病毒电镜照片，得到了世界卫生组织的高度赞誉。

三

火车从韶关穿过大瑶山隧道进入湖南境内。像一道闪电从南岭山脉下穿越，高速列车进入了真正的冬季——高高的大山脉把北方的严寒阻挡在岭北。黑夜中的村庄一闪，仿佛抛向时空另一端的记忆。

车上都是回家过年的人。新年喜庆的气氛越来越浓。庚子鼠年一天天挨近，人们奔波忙碌了一年，都在筹划着怎样过大年。

乘客们低头看着手机，他们不是在报告路途经历、分享见闻，就是在与马上要团聚的亲人商量节日的安排和打算，或者在消磨旅途难耐的时间。车厢内安安静静的。钟南山看到年轻人喜悦的表情，渴盼的眼神，心里愈发不能平静了。他们中大概不会有人知道疫情正在悄悄降临。

2003年"非典"过后，钟南山判断"非典"并没有根绝，重新出现的可能性很大。别人在疫情过后认为万事大吉，他知道危险仍然还在，一直没有放弃对"非典"冠状病毒的追踪。

2020年1月18日夜晚,钟南山在赶往武汉的列车上

2003年9月，有学者初步认定，"非典"与果子狸、獾、貉有关，果子狸是"非典"冠状病毒的主要中间宿主。钟南山与香港微生物专家合作，第一时间掌握了情况。果然，"非典"过后的第二年春天，广州又出现了4例"非典"病人，发病时间与一年前"非典"出现的时间也一样！

钟南山超级警觉，立即要求面见省长。当晚广东省省长黄华华召集各个厅局负责人开会，听取他的报告。钟南山报告了4例病人中有2例接触过果子狸。他们又从果子狸和人身上分离出冠状病毒，4例都高度同源。考虑到野生动物市场是一个重要的传染媒介，请求马上扑杀果子狸。

5天以后，广东境内一万多只果子狸被宰杀一空。"非典"及时扼制，没有暴发。这一次险情鲜有人关注。又经历了"非典"死灰复燃，好在及时扑灭，钟南山想起来就感觉后怕，他再也不敢掉以轻心了。

2019年底，武汉最初的病例有来自华南海鲜批发市场的，初步判定病原体是一种新型冠状病毒。它与"非典"相似，这种新型冠状病毒真的不会人传人吗？专家组去了，为什么公布的信息这么模棱两可？隐隐地让人感觉不安。国家卫健委此时再请钟南山出马，其中自有深意。他身子微微颤抖，不是因为车内气温低。那些一个个在自己眼皮底下死去的"非典"病人，这些年来噩梦一样驱不散，他们求生时的挣扎，因窒息而产生的狰狞表情，化作了一股暗涌的情绪袭击他，让他心里不适。生死本是医生惯常所见的场面，但面对大批人的死，却是大不一样的……

这一路奔走，如同梦境中穿行，不只是空间在跨越，时间似乎也在这个时刻恍惚。17年前那场令国人记忆深刻的"非典"，他临危受命，担任广东省非典型肺炎医疗救护专家指导小组组长。也是春天，也是临近春节，时间如此巧合，"非典"与新冠肺炎的首个病例出现的日期竟然相差只有几天！疫情在广东突然出现，不久，北京等地开始传播，一些国家也接到了病例报告。疫情呈全球蔓延之势。

他记得自己诊治的第一个患者姓郭，一个年轻力壮的的士司机。他是确诊的第二例"非典"患者。2002年12月22日从广东河源转院，住进了他工作的广州呼吸疾病研究所（呼研所）。

至今他还常生感慨，中国第一个与国际先进医学接轨的重症监护中心（ICU）在呼研所落成，第四天，河源的病人就送来了，这个重症监护中心一面世就成了最悲壮的战场，成了抗击灾难的核心堡垒。好像当年霍英东先生捐资千万就是专为"非典"而建的。

2003年元旦假期后上班的第一天，钟南山按照常规到ICU查房，值班医生刘晓青、何为群向他报告了10号床病人的病情。这位男子已是奄奄一息，生命垂危。从那时开始钟南山就投入了重症病人的抢救。

接着是去中山救人。那已经不是某个病人的救治，而是一批患者。病人开始源源不断地被紧急送来广州。病人接触过的人倒下了，医生、护士也不能幸免。患者发烧，面部、颈部充血，接着出现呕吐、干咳，肺部出现"白肺"，呼吸开始变得困难，病人多死于呼吸衰竭或多脏器衰竭。

疫情这么严重了，却无人敢说出真相，甚至不愿意面对现实，遮掩真相。那时他感到很孤立，那种煎熬，陷入困境的焦虑、痛苦，犹如一场劫难。17年过去了，天性乐观的他仍然不愿意去想。如果现在再次面临同样的疫情，会不会不再出现类似的情形呢？他有些忐忑，忍不住喃喃自语……

那年春天谣言四起，人们抢购罗红霉素、板蓝根、醋……这些平素不起眼的东西价格飞涨，板蓝根一包原价8元，有的卖到40元；抗病毒口服液原价十几元，有的涨到了130元……

钟南山着急了，他第一时间请缨，要求把所有的重症病人全部集中到他所在的广州呼吸疾病研究所来。病因不明、病症难治，糟糕的是疾病传播途径尚不清楚，个别医生有顾虑他能理解，这是要人家搭上性命的事，钟南山望着那些担忧的眼神，坦率地说："我们就是搞呼吸疾病研究的，最艰巨的救治任务不由我们承担靠谁来承担?!"事情严重,他不得不坚定地表态:"医院就是战场,作为战士,我们不冲上去谁上去?现在是需要我们站出来的时候,不能有丝毫犹豫,因为我们是医生,这是我们的天职!"

2020年武汉患新冠肺炎的病人发烧、乏力,部分出现干咳,痰很少,少数有流鼻涕、鼻塞症状,还有少数有胃肠道的症状,个别的有心肌、消化道、神经系统的问题。这与"非典"既相似,又不一样,很多病人并没有高烧,开始时症状也不太严重,肺部情况也不像"非典"。钟南山判断,两者相比,尽管有很多同源性,但应是平行的完全不同的两种病毒。这种新型病毒到底有多危险,会怎么变异,他并不了解。获得的信息也是模糊的,为什么迟迟下不了明确的结论?这正是他忧虑的地方。他害怕再有什么意想不到的事情发生。

抗击"非典"那年他67岁,今年84岁,17年的岁月仿佛一眨眼就溜过去了,只在青丝上留痕,秋霜似的白发笼在他的额头。想不到耄耋之年还要与病毒交战。(后来有网民说,"他劝别人不要去武汉,他却去了。明知道老年人最易感染"。)

在高速行驶的列车上,窗外是忽明忽暗的大地,让人心事有些浩茫。他的嘴角不自觉地向下弯。这样的表情很容易看出,他不只是疲惫,还有一种悲悯和忧伤。他本能地预感到了一些事情。从此刻的忧心，到后来多次哽咽、含泪，疫情的发展比他估计的要严重得多！局面也比他想象的复杂得多！在这疫情发生的关键时刻，他将充当一个什么样的角色呢？他不去想这样的问题，他想的是了解真实的情况，采取专业的措施！

惊天大事即将爆发！现代速度的高铁刺穿凛冽的夜色，向着疫情正在失去控制的"震中"武汉呼啸而去。大地震动，空气呼叫。老人在打盹时也无法放松，他的嘴角越弯越深，即便睡意蒙眬，他的心里也充满着忧伤，他感觉到前方低低压过来的乌云……他并不服老，但以自己的老迈之躯，他能发挥多大的作用？乌云之下的民众能安然无恙吗？

钟南山又在心里安慰自己，推想着事情不至于比"非典"更严重。他相信中国经历过"非典"，已经积累了经验，国家经济高速发展，医疗卫生事业也发展非常之快，国家对疫情防控的能力和水平已经大幅度提高了，有了一个很好的防控体系，包括一套安全门诊防控体系，各个省都有公共卫生事件救治定点医院，每个医院都有发热门诊，检测手段完备，能够尽快把病原体检测出来。从国家、省到市，有一支专家救治队伍，形成了一套抢救、治疗的方法。还有监控和隔离的制度，尤其国家制度保障了控制传染病的体制机制有效地建立和运作。

四

经过4个多小时高速行驶，列车在深夜时分抵达武汉。这里果然寒风扑面，与广州相比，就像两个不同的季节。钟南山加了一件毛衣，跟着助理走出车站。国家卫健委医政医管局张宗久局长来车站迎接他。自12月31日到武汉，除紧要事情回北京外，张宗久一直与专家住在武汉。

武汉高铁站也是一座大站，连接车站的是宽阔的马路。万家灯火，霓虹处处，像热情的武汉人一样，眼前一片热烈繁华的景象。跟广州一样，这里也是一座不夜之城！发生在这座城市的往事零零星星，像灯火一样飘过他的记忆。人老了，旧事难忘。只是这些年哪里变化都大，总有物是人非的感觉。

武汉是他最早到过的城市，只是那时并无记忆，都是父母跟他说的。那一年他刚满周岁或是还未满周岁，他跟随父母从南京经武汉去长沙，再到贵阳，一家人从长江边的码头上岸，在武汉短暂停留。淞沪会战后，国民党政府决定中央机关内迁，父母带着他开始了颠沛流离的生活……

抵达武汉会议中心,这个地处市中心又十分幽静的宾馆,现代而大气的建筑掩隐在树木丛中。钟南山是最晚到的专家。当天赶到武汉的专家有中国科学院院士、中国疾病预防控制中心主任高福,中国工程院院士、传染病诊治国家实验室主任李兰娟,中国工程院院士、香港大学医学院微生物系讲座教授袁国勇,中国疾病预防控制中心流行病学首席科学家曾光,北京协和医院ICU(重症医学科)主任、重症医学专家杜斌。国家卫健委的人召集部分专家开了个碰头会,召集人简要介绍了武汉的情况。

夜深了,钟南山草草洗漱后就上床了。他的神经仍然无法松弛下来。新冠肺炎疫情的现实他无法接受,"非典"灾难的阴影洪水一样淹没他的意识,他无法想象再次经历同样的悲剧!

街上汽车声已经稀疏,火车跨江而过的声音隐约传来,不时有轮船驶过。武汉举办过世界军运会,城市面貌大为改变。这里是江岸老城区,靠近"龟蛇锁大江"的江段,著名的江汉关就坐落于此。沉默的大钟等待着某个重要时刻敲响。当年大武汉开放的口岸,"驾乎津门,直逼沪上",像上海外滩一样,沿江的租界建起了很多欧式建筑。一部汉口开埠的历史,如同一部打开的书,一百多年的风云历史在此上演。中华人民共和国第一条跨越长江的铁路也在这里建成。现在,长江两岸众多跨江而过的大

2020年1月18日,钟南山和助理前往武汉的高铁车票

桥宛如一条条静卧的银蛇，熠熠生辉。他脑海里闪过毛主席"一桥飞架南北，天堑变通途"的诗词，也闪过崔颢"晴川历历汉阳树，芳草萋萋鹦鹉洲"的诗句。

武汉一夜，钟南山辗转反侧，想到国家又一次面临考验，国人又一次受到瘟疫的威胁，他心里难过极了。

天放亮了。窗外枯黄的草地、水杉，一些树木落尽叶子，枝杈光秃秃的，与岭南四季常绿的乔木大不相同，它们摇摆在寒风中，正经历着北方的严寒。大厅前移植来的巨大朴树，细而高的合欢树，还有枇杷树、广玉兰、垂丝海棠、香泡等不常见的树木，它们有的仍然举起一团浓浓的绿色。阴沉沉的天空，砭骨的西北风轻轻拂过大街，向着不远的长江吹去。这里已被层层乌云覆盖，钟南山虽然不怕冷，但冬天的风还是让他缩紧了身子。

2020年1月19日这一天行程很紧。疫情的发展，今天与昨天、昨天与前天，情况都在变化中，两天内武汉确诊了病例136例，当天累计报告病例198例，已有4人死亡。在武汉市定点医疗机构接受隔离治疗的169例中，重症35例，危重症9例。华中科技大学附属协和医院发生了交叉感染事件。医院脑神经外科的一个病人在做完脑神经外科手术后出现发烧，确诊是新型冠状病毒感染的肺炎患者。脑神经外科14个医生、护士被感染了。

这一天，大武汉沉浸在迎接春节的喜庆气氛中，虽然疫情出现,但未发现明显人传人现象和该病可防可控公开通告后,人们有过一些犹疑就不再怎么把它放在心上了。1月18日在百步亭社区,一场"万家宴"正在轰轰烈烈地举行。4万多个家庭欢聚一堂,居民自创的13986道菜品摆满了主会场和9个分会场。主会场设在社区服务中心,这栋位于十字路口的圆角大玻璃房,菜品摆满了两层楼。这些菜品主要是展示居民的手艺,热热闹闹参观后,会端到各自的居委会一起加工享用,或是赠送困难家庭。除了宴会,当天社区还有年货赶集会、文化赶集会。

百步亭是个大社区,也是一个20多年的老社区,房屋都是多层建筑,街道树木交覆。社区人口超过18万。每过小年社区都要举办万家宴,从百户、千户到万家,已经连续举行了20届。宴会的规模越来越大,名声越传越广,已成为社区的节日。

上午9点,在武汉会议中心,国家高级别专家组听取湖北省、武汉市新型冠状病毒疫情防控工作报告。国家卫健委副主任于学军,湖北省副省长杨云彦,湖北省卫健委党组书记张晋,武汉市副市长陈邂馨,武汉市卫健委党组书记、主任张红星等均为陪同人员。会议名单高级别专家组部分,钟南山的名字前面赫然写着"组长",他深感意外。竟然没谁跟他打声招呼。这让他颇有一些临危受命的感觉。

高级别专家组于18日紧急成立,国家卫健委领导电话沟通后确定了成员名单。成员刚一确定就电话通知他们，要求当天赶到武汉。

先前来武汉考察的专家告诉钟南山，他们感觉病例没有全部报告，没有看到一份完整的材料，又不好强求。他们曾追问过，对方反倒质疑，说是不是不相信他们。去医院调查，说法都一样，调查都没怎么深入下去……特别是他的学生来看望他了，有的就在医院呼吸科当医生，他们情绪十分低落，所反映的情况远比公开的疫情严重得多！钟南山的心情如山似的沉重。多么熟悉的境况，他的某些预感就要变成现实了。

武汉市卫健委负责人在会上首先通报了武汉的疫情，截至17日，累计病例62例，重症8例，死亡2例，追踪密切接触者共763人，密切接触者中没有发现相关病例……近期突出开展了4个方面的重点工作：全力救治患者、加强密接管理、实施联防联控、正面引导舆情。湖北省卫健委的汇报，病例、密切接触者人数一样，采取行动的过程更加详细，应对处置有8个方面的措施，几乎应有尽有。钟南山非常认真做着记录。他竖起耳朵，希望听到是否有人传人、是否有医护人员感染的情况。

钟南山听完汇报后，情绪激动，他已经难以控制自己的情绪了，他再也顾不得情面，用异常锐厉的语气质问：究竟还有没有？！你们发病有多少人？死亡多少人？有没有医务人员感染？

有没有人传人？他的手挥舞起来，敲到了桌子上。他把西装都脱掉了，全身燥热，会场只有他穿着衬衣，他的脸绷得像块铁。

短暂的寂静，曾光打破沉默，说："今天是你们讲实话的最后机会。"

在钟南山不留情面的追问下，武汉协和医院脑神经外科一个病人感染15个医生、护士的情况捅了出来。新的疫情统计材料两次送到了会场。有人解释：病人正在测试，没有确诊。国家下发的试剂盒1月16日湖北省疾控中心才收到。又有人解释，没有报告的病例都是没有确诊的，并反复强调说：试剂盒刚刚才下发到武汉，没测试就没法确诊……

高福说中国疾控中心在试剂盒出来之前，已经提供了少量的探针用于检测。

钟南山伤心了。高级别专家组已经是第三批来考察了，竟然拖成了今天这样的局面！那些死亡的画面像深海里的水草一样，从时间深处浮来……17年前，为了遮盖"非典"疫情，也是类似的说辞，甚至还逼着他说类似的话，一场噩梦，已是不堪回首！

他心里清楚现在所面临的形势——人们没有充分重视，没有采取足够的措施！他们已经站在悬崖边上，竟然还不知道自己身处险境！

病原体检测早就检出是一种新型冠状病毒，还获得了病毒全基因组序列,现在连医生都感染了,为何还在说"尚未发现明确的人传人证据"?只是表示不排除有限人传人的可能,还不忘记强调"持续人传人的风险较低"?

疫情通报后专家组去金银潭医院调研,检查门诊大厅预检分诊情况,了解病人集中收治和诊疗情况。这是一家传染病专科医院,也是武汉市突发公共卫生事件医疗救治的定点医院。它建院有近百年的历史了。医院大门低矮开阔,颇有些高等院校的气势。虽然城市扩张,医院早已被围进了市区,但仍然让人感受到一种郊野的荒旷气息。医院已紧急腾空、扩展了床位,已有800多张病床。专家们通过视频监控,实时观看了ICU重症患者的救治。钟南山看得特别仔细,提出了一些救治的建议。

一位殷姓女患者,年龄48岁,2019年12月10日发病,有糖尿病、脑梗死、胆结石等基础疾病。12月27日出现呼吸困难,12月31日转入金银潭医院救治,入院时严重呼吸窘迫,现在已经出现多器官功能衰竭,正在抢救。可惜,专家组走后第二天她就去世了。当天,一位年迈的陈姓患者死亡。他2020年1月13日发病,1月18日入院救治时,呼吸已经十分困难……

专家们去武汉市疾控中心,途中经过华南海鲜批发市场,中巴车绕着市场转了几圈,大家没有下车。市场早在1月1日关闭了。在四面高楼之下,新华路两边低矮的建筑特别扎眼,它们占地面积大，房屋只有两层楼高，底层是各种海鲜肉类店铺，楼上大都是眼镜店。房屋一侧，一幅巨大的横幅牌子，蓝底白字，牌子后面有一条透明的玻璃拱廊，左右两排也是长长的档口，这些门店早已拉下了铁闸门。一眼望去，市场内空无一人。现场已经被破坏，即使下车也看不到什么东西。

有人问以前市场是个什么情况，来过的专家说，非常肮脏，周围都是垃圾和老鼠，环境十分恶劣。

这么糟糕的环境，一街之隔，市场旁边就是繁华的商业中心和高层住宅楼。来自香港的专家袁国勇说：除了要管控野生动物食用和交易，一定要管理菜市场的环境卫生。很多大城市菜市场湿漉漉、臭烘烘，很可能成为传染病的温床，未来需要改变。有人担心，市场关闭之前售卖的野生动物可能早就流向全国各地了，新冠肺炎传到其他省会不会由野生动物带过去的？

在武汉市疾控中心，专家们调研病原学实验室，了解标本采样和检测的相关工作情况。

钟南山心绪不宁，心情像窗外阴沉沉的天空一样。今天到访的地方颇有些"示范单位"的味道，问他们什么，他们就答什么，像是早有准备了。

中午餐叙，与钟南山同桌吃饭的副市长，面色铁青，心情沉重。他知道武汉大灾难就要降临了。

钟南山的担忧成为了现实！他也无心吃饭。

高福的心情则更加复杂。这位中国疾控中心主任凭借自己的专业知识，从2019年12月30日深夜获知信息后，立即采取行动，第二天就用生理盐水开始模拟分离病毒。中心紧急从无锡一家医院搞到了活体肺细胞，拿到肺切片的人深夜2点赶回了中心，6日做出了用于病例检测的探针，同时启动了CDC重大突发公共卫生事件二级响应。7日分离出病毒。14日他从武汉回来就启动了CDC重大突发公共卫生事件一级响应。他知道了新冠肺炎病毒人传人。但作为一个技术部门，关键时刻，特殊地位的作用得不到发挥，特别是他们无权对外发布疫情信息。疾控中心没有行政职能，地位低，主导不了疫情防控的局面。

历史又一次把钟南山推到了与"非典"相似的处境。有人说他因"非典"一战成名，但他并不需要这样的成名。作为医生，面对这样的情况，良知告诉他，他没有选择的余地。他只是说了真话，他之所以敢说，也因为自己说的是真话。公众有知道真相的权利。

五

2020年1月19日下午2点，专家组回到武汉会议中心召开闭门会议。专家对武汉疫情研判有了明确的意见。国家卫健委医政医管局领导当即将"人传人""按照甲类传染病管理"等意见上报了国家卫健委领导。国家卫健委领导不敢耽搁，马上向国务院报告。钟南山和高级别专家组专家们3点30分离开会场，赶去武汉天河机场。乘坐5点55分飞北京的HU7582次航班。20日上午国务院将召开常务会议，国家卫健委确定了钟南山代表高级别专家组向国务院常务会议汇报。当晚国家卫健委在京安排了紧急会议。

路上车很多，西北风呜呜地吹，人群熙熙攘攘。有恋人手牵着手地走过，笑脸灿烂；有孩子在街头打闹；有人群聚集在一起聊得正开心，爽朗的笑声带着湖北人特有的一股辣劲；有拖着行李、提着大包小包匆匆赶路的人，敞开了冬衣，嘴里呼出淡白色的气息……街上店铺装扮得红火喜庆，不时飘过又香又辣的饭菜味，都是一片迎新年的气象。

昨天差不多这个时间他和助理赶往广州南站，相比广州，这里天色阴暗，像有一场雨雪随时降临。无处可躲的阴冷，刺入骨髓，长期生活在温暖气候中的岭南人很难适应。钟南山有一种漂浮的感觉，一天之隔，天地殊异，他倒像个不合时宜的异类。

但是，武汉已是疫区！这不是假象！就像此时开始酝酿的黑暗，将吞噬一个个广场、一条条街道，新冠肺炎病毒将占领这个城市的生活，迫使一切走向沉寂与空白，眼前的景象将转眼即逝。那些早早点亮了的街灯显得如此微弱，钟南山感到害怕、迷失，他眼里噙满了泪花。"非典"时期，那种伤心欲绝的情绪又向他袭来了。他多想朝路上的人群发出一声呐喊，就像叫醒梦中人一样，他们正走向悬崖。

飞抵北京已是夜色迷离，严寒时节的首都街头没有什么行人。春节的喜庆气象在大都市并不鲜明。只有汽车尾灯红色的亮光串成一条条光带，给人些许暖意。

钟南山住进国二招宾馆，工作人员把饭送到了他的房间。国家卫健委马晓伟主任来他住的房间看望了他，谈话将近半个小时。

随后，在国家卫健委办公楼会议室连夜召开了疫情与防控会议，会议开到12点多。专家发言：事态严峻，肯定有人传人，必须立刻采取各种防控措施。现在留给我们的防控窗口期已经很小了,如果接下来几天还不采取严厉措施,事态发展将会更加严重。滥食和交易野生动物必须管控。专家们在会上提出了武汉"不进不出"的建议。

散会后,钟南山留了下来,国家卫健委的人听取他汇报的想法,确定从哪几个方面进行报告。子夜1点30分了,钟南山才离开会场。工作人员根据他的思路开始写作汇报稿。

钟南山回到宾馆已是凌晨2点。这一夜他只睡了4个小时,早上6点他就起床了,他实在睡不安稳。国家卫健委工作人员熬通宵写出的汇报稿已经送来了。钟南山对汇报稿开始反复推敲、斟酌。上午7点30分,专家们要赶去国务院,国务院领导要听取大家的汇报。

专家大都通宵未眠,他们各自整理出对新冠肺炎疫情的研判和防控建议,在凌晨4点多发给了钟南山。钟南山收集他们的材料,进行归纳整理。专家们的材料比会议发言丰富了很多,对疫情研判有了更充足的信息。武汉市卫健委一早也发来了最新的确诊人数。钟南山据此拿出最权威的疫情研判和防控工作意见。

他自己着重考虑的因素是越来越逼近的春节,民族盛大的节日,巨量的人群正在大流动、大聚集。广州南站那一幕不断在他眼前浮现……钟南山脑子有些麻木,他使劲揉一揉头,强打起精神来思考和判断。

面临危机,这一次与"非典"时期不同,他有机会以高级别专家组组长的身份直接向国家领导人汇报疫情,他的汇报将影响国家抗疫决策,他不能不慎之又慎。他想把最真实的情况全面报告给领导人,包括自己抗疫的想法。

早晨,北京的风干爽,清冽刺骨。钟南山从宾馆温暖的大堂走出来,薄薄的衣服突然像没穿似的,寒冷水一样渗透全身。他轻轻颤了一下。周围没有人穿得比他还少。这天,天空特别的蓝,钟南山精神也为之一爽。对空气特别敏感的他,这么纯净的深蓝,让他压抑的心情感到一丝舒缓。

1月20日上午8点30分,疫情防控专家座谈会在国务院第二会议室正式开始,会议由国家卫健委主任马晓伟主持。他先简要介绍了疫情防控最新情况,接着由专家发言。参会的专家除了高级别专家组的6位专家,还增加了刘清泉、张忠德、齐文升3位。钟南山代表专家组发言时表示,新型冠状病毒已在武汉造成局部暴发,鉴于目前国内已有其他省市陆续报告确诊病例和疑似病例,与春运人员流动高峰相叠加,如不采取积极有效措施严加控制,极有可能重现2003年"非典"暴发的严重局面。他说专家组建议:一是按照属地化原则,强化地方政府的领导责任,成立由地方政府主要领导牵头的组织架构,特别是武汉市,政府主要领导要作为首要任务,靠前指挥,启动多部门联防联控机制;二是尽快将新型冠状病毒感染的肺炎列入法定乙类传染病,并参照甲类传染病进行管理;三是进一步加强武汉市疫情防控工作,"不去武汉、不出武汉",减少输出病例的发生;四是落实"早发现、早报告、早隔离、早治疗",春节期间加强医务人员应急值守与防护;五是加大公众宣传教育力度,提升公众做好自我防护和保健的意识,提倡"口罩文明",提高信息通报透明度;六是加大科研力度,疫情防控同时积极开展病毒毒力、传播力、传播途径及变异情况等方面的研究。

专家们汇报了各自对疫情的研判,大家一致认为形势很严峻,明确了已有人传人,必须立即采取最严厉的防控措施。

汇报结束,钟南山和李兰娟被邀请列席国务院常务会议。两个会议室相隔很近,会议结束离下个会议召开只差5分钟了,他们俩匆忙赶去会场。

国务院常务会议专门增加了一项部署新型冠状病毒感染的肺炎疫情防控工作。国务院领导在听取国家卫健委主任和湖北省省长疫情最新情况汇报后,点名钟南山和李兰娟发言。他们俩汇报了对疫情的研判、如何遏制疫情扩散和救治等具体意见和建议。钟南山说明了春节对疫情的巨大影响,强调疫情信息要公开透明,要让所有人知道问题的严重性。要以最快的速度采取严格的防控措施。政府要及时客观地向社会通报疫情,公布防控的成效，回应社会关切……

国务院领导对他们的意见与建议给予充分肯定并表达谢意，表示两位专家提供的专业咨询意见对下一步如何科学决策非常重要。

钟南山、李兰娟离会，国务院领导人特意到会议室外送别。会议当即做出决定，将新冠肺炎按照乙类传染病甲类管理。

中午回酒店简单用餐，下午1点30分，钟南山又赶往中南海，参加国务院和国家卫健委召开的全国电视电话会议，布置新冠肺炎疫情全国联防联控工作。

下午5点，国家卫健委召开新闻媒体见面会，国家卫健委高级别专家组就新型冠状病毒肺炎答记者问，钟南山、高福、李兰娟、袁国勇、曾光、杜斌等专家出席，媒体有新华社、人民日报、光明日报、国际广播电台、凤凰台、健康报、中央广播电视总台、中央电视台等十几家。这一天，钟南山首次以国家卫健委高级别专家组组长的身份出现在世人面前。

媒体见面会在国家卫健委狭长的会议室举行，隔着一张大会议桌，专家们与记者面对面而坐。钟南山坐在中间，神情坦然。这一天的经历，他知道国家对专家的建议高度重视，相应的措施即将迅速出台，他有一种如释重负的感觉。记者的话筒和录音笔放在一个盘子里，哪个专家回答问题盘子就端到哪个专家面前。

媒体见面会上,记者提出了很多重要而敏感的问题,气氛有些紧张。有记者直接向钟南山发问。钟南山有备而来,多年来与记者打交道,他已经熟悉新闻媒体了,他对记者从不遮掩,有什么就如实说什么。他现在需要这个机会向社会说出事实,他懂得抗击疫情,透明度有多么重要!他盼望全社会人人懂得病毒的特性和防控的办法。有过切身体会的人,才明白现在自己在做什么,意味着什么。

中央广播电视总台记者第一个提问就抛向了钟南山:"武汉市两天内新增确诊病例136例,北京和广东也出现了病例,钟院士您怎么看当前的疫情形势?"

钟南山看着记者,盘子端到了他的面前,后面一排架起的摄像枪也全都对准了他。钟南山毫不避讳,坦率地说:就流行病学的状态,现在是在起始阶段。我们6个人昨天去了武汉,武汉的情况昨天跟前天不一样,前天跟大前天又不一样。目前已经证实有人传人,也证实了有医护人员在治疗和护理患者过程中感染了。这是非常重要的一个标志!

在回答新华社记者提问时,钟南山直接说出了对武汉防控的主张,即武汉减少输出,在武汉的人能不出来就不要出来。要对火车站、机场等口岸实行严格的检测措施,首先是测体温,有症状特别是体温不正常的须强制隔离,要提高防范级别,而不是单纯的劝阻；除非极为重要的事情，外地人一般不要去武汉。

这"不进不出"实际是武汉封城的建议。武汉在火车站、机场等口岸已采取了测体温的检测措施，但对体温不正常者只是劝阻，还没有采取强制隔离的措施。

他提醒疫情预防和控制最有效的办法是早发现、早诊断，还有早治疗、早隔离。这是最原始的防控办法，也是最有效的办法。对已经确诊，或者高度疑似的病人要进行有效的隔离，这是极为重要的！目前没有特效药。戴口罩很重要。

他呼吁各级政府领导要负起责任来，这不单纯是卫健委的问题。他提醒政府、医务人员、全社会都要关心，属地领导要担起责任。现在处在一个节骨眼上，春节期间得病的人数会增加。但他不希望呈现链式的发展。要防止它传播，要害是警惕在传播过程中出现超级传播者……

媒体见面会开到晚上7点结束。钟南山非常疲惫。吃晚饭的时候，他靠在椅背上，又一次闭上了双眼，头垂了下来。他感觉脑袋里面嗡嗡直响。他的双手在太阳穴上使劲地搓揉，就像能把疲劳驱赶出来似的。

晚上9点30分，钟南山在酒店面对摄像头，耳朵里塞入手机耳机，以连线嘉宾身份出现在央视《新闻1+1》中。对话有几秒的延时。但他的话十分清晰。钟南山以现场直播的方式公开了重要的疫情信息。在回答主持人白岩松其中一个提问时，说到一半的时候，钟南山突然想不起主持人的问题了，他的脑子里一片空白。那种麻木的状态又出现了，短暂的失忆。观众无法知道，老人出现在屏幕前经过了多少煎熬，三天三夜，紧张与劳累，让一个记忆与逻辑特别清晰的人，出现了思维短路。

事后，钟南山有些懊悔，还自嘲了一番。多少次面对记者，这是他第一次失忆。

历史似乎在重复，他最不想看到的一幕又出现了。2003年央视王志主持的新闻节目《面对面》，面对瞒报疫情和权威部门对病因做出的错误结论，钟南山面对观众说出了真相。同样是央视，白岩松的《新闻1+1》节目，他再一次揭示了实情。他郑重公布："新型冠状病毒的感染现在刚刚开始，正在爬坡……新型冠状病毒肺炎是肯定的人传人，在广东有2个病例，他没去过武汉，但家人去过武汉后染上了新型冠状病毒肺炎……现在可以这么说，是肯定的有人传人现象。"

此言一出，惊醒了国人，他的话具有神话般的力量。人们匆忙的脚步停了下来，迎大年的节奏打乱了。2003年"非典"那一幕瞬间回到了人们的记忆中。

百步亭"万家宴"的参与者听到此消息后十分惊慌，后悔的、后怕的，他们心情再也无法平静。很快，百步亭成为社会舆论焦点，组织者遭到众人指责，压力巨大。

两天后，1月23日上午10点武汉宣布封城。出武汉的高速收费站站满了警察，警灯闪烁，警笛不时响起，刺向天幕。警察脸上肃穆的表情弹得回任何质疑的目光。人们不敢相信眼前戏剧性的一幕会是生活的真实——出城的道路都被堵上了。出城的车挤成了一片，一辆辆车调头返回市区。他们一两个月甚至更长时间周密计划的春节团聚竟然泡汤了！许多人走在回家的路上，犹疑不已，怀疑遇上了愚人节。比起飞奔出城的车速，好像小车换了软弱的动力。当回过神来时，有的人突然感到无端的恐惧。全城公交、地铁、轮渡、长途客运全部停运了，没有特殊原因，市民不能离开武汉。机场、火车站的离汉通道统统关闭。

3天后，1月26日0时起，武汉中心城区实行机动车禁行管理。喧闹的大街转眼间空无一人，一场真实的魔幻剧上演了。无形无影的病毒叫停了巨人世界喧哗的生活。

对一个1400万人的特大城市封城，这样的事情中国史无前例，世界史无前例。这一切让人措手不及。但灾难从来就是猝不及防的。

武汉震惊！中国震惊！世界震惊！

紧接着，湖北的黄冈、鄂州、仙桃、潜江、荆门封城了，湖北各市相继封城。远在千里之外的温州乐清市、瑞安市、永嘉县也封城了。全国各地纷纷封路，农村也把进村的路封堵上了。一个个大小不一的孤岛遍布中华大地。

中国开始了壮烈的抗疫之战——武汉保卫战、湖北保卫战、全国阻击战！

新冠肺炎疫情是中华人民共和国成立以来发生的传播速度最快、感染范围最广、防控难度最大的重大突发公共卫生事件。1月23日，武汉封城的同一天，广东、浙江、湖南启动全省重大突发公共卫生事件一级响应。截至1月22日24时，湖北累计报告新冠肺炎确诊病例444例，广东32例，浙江27例，湖南9例。紧接着，湖北、天津、安徽、北京、上海、重庆、江西、四川、云南启动重大突发公共卫生事件一级响应，随后全国31个省市全部启动。

日内瓦当地时间1月23日，世界卫生组织（WHO）紧急情况委员会会议召开，就武汉本轮新型冠状病毒肺炎疫情是否构成"国际关注的突发公共卫生事件"（PHEIC）做出决定。（之后，1月30日，世卫组织宣布将中国新型冠状病毒疫情列为"国际关注的突发公共卫生事件"。）

钟南山听到这一系列消息，百感交集，老泪纵横！

六

庚子大年,烟花爆竹沉默不响了。王安石的"爆竹声中一岁除,春风送暖入屠苏"千年以降,独独今年大江南北一片寂静。再也不是"千门万户曈曈日,总把新桃换旧符"了。人们关在家里,不再相聚相庆,不再串门拜年,喜庆之气、祥瑞之气被疫情冲得踪迹全无。大小城市街道静悄悄的,人影难觅。

国家进入战时状态。中央沉着指挥,大年初一召开了政治局常委会会议。一场只能打赢不能打输的战争打响,保卫生命必须争分夺秒!

九省通衢的繁华都市,出现了冰火两重天的景象——一边是救人如救火的医护人员、如潮的患者,一边是空荡荡的街巷,街灯、交通信号灯依然通亮。火车站、机场沉寂无声。一位清洁工在电视镜头前哭了,她说大街小巷看不到人,她很难过。她怀念以前的人挤人,宁愿垃圾多一些,自己辛苦一点。现在,她天天扫的只有满街的落叶,与她在一起的只有树木花草。甚至野猪、兔子跑到了街上。

2020年3月,武汉方舱医院,护士们组成的陪护班辅导没有家长陪护的小朋友写作业

有一天夜晚,武汉一堵堵悬崖似的高楼,一扇扇洞开的窗门,千家万户一齐高喊:"武汉加油!武汉加油!"听得到孩子和老人的声音。"啊——啊——啊——"呼喊声汇聚,回旋、滚动、跌宕,在峡谷一样空旷的夜晚,从微弱到强大,大风一样地刮。有人把光打在墙上。他们看不到彼此,但看到了不断晃动的光,听到了彼此发出的声音,感受到了彼此的存在和共同的心声。

人类像回到了蜗居洞穴的年代。那一刻不知多少人潸然落泪。他们之中有人正在独自面对死亡。这是一场生与死的抗衡!疫情汹汹而来,不知道下一刻轮到谁倒下去。而敌人,是微小得比细胞还要小的病毒,无影无形。它们寂静无声,却通过人们的呼喊宣告着其强大的存在!似乎在告诉人类谁才是地球的主人。

大家没有惊慌逃走,他们相信政府,相信同胞,按照规定坚守着秩序。东方集体主义的精神和文化在这样的呼喊与坚守中体现得淋漓尽致。哪怕个性张扬的湖北人,他们都回到了自己的斗室之内,每个人在坚持做对的事情。

曾暴发过"非典"的广东,是钟南山工作和生活的地方。除湖北外,广东是感染新冠肺炎人数最多的省份。在省会城市广州,人们如临大敌,远比当年"非典"时期紧张。"非典"暴发时,广州大街小巷戴口罩的人并不多,更少有人把自己禁闭在家,有人还嘲笑北京人戴口罩,是胆小鬼。北京人飞来广州,下飞机时把自己封得严严实实,看到广州人那么淡定,戴口罩的人没有几个,有的人就不好意思地摘下了自己的口罩。现在,广州人与全国一样,人人足不出户。小区自觉实行封闭管理,外卖已经停了,快递也不让进来了。街道上偶尔走过一两个人,得到了无数注目礼,世界安静得只闻风声雨声。

晚上,从广州塔到猎德大桥,从广州的CBD珠江新城,再到广州大桥,四处灯火璀璨,火树银花不夜天,如永不熄灭的烟花独自绽放,夜景绚丽至极,也寂寥至极。红绿灯前偶尔有车停下,或开走。只有屈指可数的便利店、快餐店开着门,店里只有一两个营业员,难见顾客。一辆辆公交车上不见一个人,车站也没有人影,司机仍在一个站一个站停车、开车。一种怪异感、魔幻感弥漫夜空,凄清、空旷又奢华。人世间可体会最明亮的迷茫,最繁华的悲凉。

全国各种抗疫的照片、视频和信息在相互转发。为劝大家不要出门,有人走街串巷,打着红旗,敲着锣,用扩音器喊话:"居民朋友,千安全,万安全,待在屋里最安全!居民朋友,这种药,那种药,不出门就是特效药!居民朋友,吃了睡,睡了吃,病毒拿我冇办法。"

"居民朋友们,只要还有一粒米,不要在市场里挤;只要还有一滴油,不要在街上游;只要还有一根葱,莫往市场里面冲;

只要还有一口气,待在家里守阵地。"

"长胖是福态,乱跑是祸害!""我在家,我骄傲,我为祖国省口罩。""这是战争不是儿戏,打赢了,天天都是春节!打输了,这就是你最后一个春节!"喊一句,敲一声锣。

有的挂出横幅标语:"今年上门,明年上坟。""今天到处乱跑,明年坟上长草。""口罩还是呼吸机,您老看着二选一。"

有一个视频,广播值班的人实在太困了,念过通知忘记关话筒就睡着了,小区的夜空都是他的鼾声。

没有买到口罩又不得不出门的人,奇招迭出,有的用半个橙子皮捂住嘴巴、鼻子,这么大个的橙子也不知道他是从哪里搞到的;有的用塑料膜从头到脚把自己裹起来,头上用绳扎紧,或用硬板水平撑开,像个侠客似的;有的简单用个塑料袋套住头,有的把头伸进桶装水桶,还有的用毛巾把头裹起来只露一双眼睛……

这一切既可笑又让人难过。但灾难面前人人坦然面对。大家很快就适应了危机,没有骚乱,没有抢购风潮,没有群体性事件发生。

即使战争,它对14亿中国人日常生活的影响也到不了这种程度。一场疫情,几乎中国的每一个家庭每一位个人,生活与行为方式都发生了改变。不是战争,胜似战争!

七

截至1月27日24时,湖北新冠肺炎累计确诊病例上升到2714例,从这一天开始,确诊人数每天以千位数增加。

2月2日之后,新增确诊病例以每天2000以上的速度增加,当天累计确诊病例数超过1万。

2月4日之后,新增确诊病例每天以3000以上的速度攀升。

医院人满为患,医疗防护用品短缺告急,医生崩溃痛哭的视频在网上流传。2月5日,各定点收治医院原则上只收治确诊的重症病例和危重症病例,以及疑似的危重症病例。

2月6日,累计确诊病例突破了2万。

2月10日,累计确认病例再破3万。当天,武汉全市所有住宅小区实行封闭管理,对确诊患者或疑似患者所在楼栋单元进行严格封控管理。

2月12日,第五版诊疗方案在湖北省的病例诊断分类中增加了"临床诊断",新增确诊病例一天猛增了14840例!累计确诊病例达到48206例。

2月18日,湖北累计确诊病例人数突破6万。

随后,全国累计确诊病例达到8万多人,死亡人数迈过了4000人大关!

这是自1918年西班牙大流感以来人类遭遇的最大疫情,是世人从未见识过的病毒,没有哪个病毒像新型冠状病毒这样,同时结合了传染性和致命性这两种特性。武汉感染人数呈爆炸式增长,从几十人到数千人、数万人,人们向着医院蜂拥而来,挤满了各家医院的大厅,确诊病人、疑似病人、陪护家属都挤在一起。有限的医疗设施接收不了这么多病人,一床难求。武汉形成了一个病患者的"堰塞湖"。

一位90岁的老人,名叫徐美武,她为给已经确诊的儿子等一张床位,在医院守了5昼夜。凌晨2点终于等来了病床,64岁的儿子送进了病房。徐奶奶找护士要来纸笔,就在处方纸上给儿子留言:"儿子,要挺住,要坚强,要活下来!"她没有带多少钱,把身上仅有的500元现金托医生转给儿子。她说:"我还有两套房子,卖房子也要把这个命买回来。"

第二天傍晚,她的儿子在ICU抢救无效去世。老人发着低烧,后来也住进了医院,为了不刺激老人,医生一直瞒着她儿子的死讯。

一位中年男子被感染了,既住不了院,又不能住酒店,酒店量体温拒绝他入住,他又怕感染家人不敢回家,深夜跑到废弃的旧仓库自行隔离。有隔离在家的病人病情很严重了,也无法住院,在网上发出求救信……

"我有段时间经常落泪,那么多痛苦的病人住不进院,在医院门口哀号,甚至有的病人跪在地上求我收治他入院,但是床位已经住满了,我也没有办法,只能狠心拒绝,自己在一边悄悄抹眼泪。我现在眼泪已经流干了,真是太苦了。我现在没有别的想法,就想尽力做更多,抢救更多病人。"

这是一个医生对记者说的话。他是武汉大学中南医院重症医学科主任彭志勇。他伤心地说,最让他遗憾的是一名来自黄冈农村的孕妇,病症很严重,在ICU住了一周多,治疗花了近20万了。使用体外膜肺氧合(ECMO)①抢救时,病人的病情已经在好转,有可能存活的。但是孕妇的老公最终决定放弃治疗。"我很为那个孕妇惋惜。"

"我的科室副主任跟我讲了一件事,他也哭了。中南医院对口帮扶的定点医院是武汉市第七医院,他去支援这个医院的ICU,发现他们ICU有三分之二的医护人员感染了。他跟我讲起那

---

① 俗称"叶克膜""人工肺",提供体外心肺支持。

个医院ICU的情况,那里的医生就是'裸奔'状态,缺乏防护物资,缺乏医疗手段,明摆着会感染,还得冲上去,我们的医务人员太不容易了……"

那位怀孕的黄冈女子名叫翁秋秋,死时才31岁。1月7日她外出买菜,和丈夫、女儿吃了一顿火锅。生病时先以为是感冒,3天后的半夜里发起了烧,丈夫用电瓶车带着她辗转当地多个医院后,最终转到了武汉大学中南医院,确诊为重症肺炎,随即被隔离。

丈夫想看看她,想跟她说说话,或者给她送一些吃的东西,为她做点什么,但一直看不到。打电话问医生,每次都是她没醒,还是一样的严重,或者更加严重了。

在妻子又毫无好转的情况下,实在借不到钱的丈夫绝望地选择了放弃。一个多小时后,妻子去世,被送到了殡仪馆。他再见到妻子时,妻子成了一盒骨灰。十几个和他一样的人都在等着拿亲人的骨灰盒。

不久,国家对新冠病人全部实行免费治疗。后来,翁秋秋家里获得了国家补偿。

八

被封在城里的武汉人并不是孤立的,他们与整个国家的命运休戚相关。

国家领导人以各种方式慰问疫情防控一线的医务人员、正在施工的工人,考察指导疫情防控工作。

除夕夜,解放军发布命令,3支援鄂医疗队共450人紧急集合,分别从上海、重庆、西安乘坐军机,全体医务人员于当晚抵达武汉。他们有的甚至没有时间与亲人告别就离开了家门。

广东和上海的医疗队也于当天赶赴武汉。由国家中医药管理局组建的第一支国家中医医疗队也同时抵达。从此,每天都有从全国各地奔赴武汉的医疗队,最多的一天41架飞机运来了十几个省近6000人的医护人员。他们的年没有过,就纷纷与亲人告别,背着行李,或乘专机,或坐火车,一个个义无反顾的表情就像军人开赴前线一样,子与父别,妻与夫别,儿与母别……虽不是生死诀别,但谁又能保证每个人都能平安归来?

一位带队的医生说,他手下的医务人员进行过无数遍严格的防护训练,但把他们送入那道门时,他还是忍不住落泪:就算他们严防得再好,也难保在枪林弹雨中不被击倒啊!

有的白衣天使集体理了光头,她们早就知道再也没有时间理发了,更没有时间打理这一头秀发了。

钟南山和李兰娟、王辰的院士团队也来到了武汉。

随着湖北各市感染人数急剧增加,中央决定19个省对口支援武汉以外的地市,采取一省或两省包一市的援助措施。解放军开始大批开进武汉,运-20大型军用运输机首次出动。全国驰援武汉的医疗队一路增加到了300多支,医护人员达到4万多人,救援的调动规模和速度大大超过了当年的汶川地震。

中央第一时间预计到医院床位将严重短缺,决定以生死时速新建两座医院,集中救治。床位1000张和1500张的火神山、雷神山医院于1月23日火速开建。

一声令下,7500多名建设者奔赴武汉,正常两年工期才能建成的传染病医院建筑,前者只用了10天,后者13天就建好交付使用了。工程以小时计算,有的甚至以分钟来计。这种只有神力才能办到的事情被世人称为"基建的奇迹"。

中央电视台24小时直播工地建设现场。

严寒时节,有的施工者倒在土坡上就睡着了。

医院完工,有工人把工资捐献出来了。各地纷纷捐赠,广东

武汉方舱医院

有格力、美的、TCL、格兰仕、创维、华为等大企业争相捐赠，火神山所需的家电、5G通讯等软装、设施设备几乎都来自它们。

火神山医院的医疗柜订货单被发到河南洛阳一家家具厂，老板一看是火神山医院要的，立即回复免费捐送。由于工厂存货不足，老板把消息发到当地家具协会微信群，14家企业竞相捐赠。他们连夜加班，一夜之间就凑齐了订单。医疗柜装车完毕，物流公司得知货物是支援武汉火神山医院的，不收一分钱，当晚就送达了。

大年三十晚上，河南沈丘一位村支部书记把5吨蔬菜送到了工地。他早上5点就起床，拍门叫醒村民，20多个人随他去摘菜，忙活了半天，摘了5000多斤青菜、4100斤冬瓜……他曾在武汉服役，参加了1998年抗洪、2008年抗冰灾，疫情发生，他就想着这次自己也不能缺席，一定要做些什么。

当年汶川地震100多位伤者曾被送到武汉救治，其中有汶川县三江镇龙竹村的村民。疫情发生后，村民们采摘了100吨蔬菜，开了6辆卡车，车头上挂着"汶川感恩您，武汉要雄起"的横幅，走了36个小时开到了武汉……

火神山、雷神山医院一完工就住满了病人。接着，武汉会展中心、洪山体育馆、武汉客厅三个地方被辟作方舱医院，住进轻症患者。随后湖北省委党校宿舍楼改成了方舱医院，仍然无法满足需求，接着，再有十几个方舱医院相继投入使用。许多高校宿舍也被征用，扩张了几十家医院和定点医疗点，增开病房，总床位达到了数万张。

如同一场紧张的赛跑，床位数吃力地追赶着潮水一样不断上涨的感染者人数，如同"堰塞湖"泄洪，武汉正在竭力做到收治所有的患者，截断传染源。

九

钟南山再次成为新闻公众人物，他的身影不断出现在网络、电视和报纸上，人们关心钟南山怎么说、在做什么，他分秒必争全力抗疫的行踪有心人从新闻报道中就能看出来。譬如，1月29日到31日两天多时间——

1月29日上午，他与香港大学Jsm Peiris教授视频连线，探讨全国病例的研究设计问题。连线结束后，又与广州医科大学附属第一医院书记黎毅敏研究重症病人救治。他收集全国各地疫情最新情况，思考如何开展临床和科研，做到有效应对。

下午，他领衔广医一院专家团队与前方的医疗队ICU团队进行远程视频会诊。5个危重症患者出现在大屏幕。会诊室里，他坐在中心位置，从视频察看患者病情，9位专家坐在他的身后，从病毒检测、基因全测序、患者用药、救治手段……大家讨论着，关键时刻，钟南山怕ICU医生听不清他的话，他摘下了口罩。这一次会诊时间持续了6小时25分钟。

1月30日早上6点多，钟南山会见美国哥伦比亚大学教授利普金。利普金教授1月28日到访中国，他为了见钟南山，29日晚专程飞来广州，约好第二天上午10点见面。利普金是哥伦比亚大学公共卫生学院感染与免疫中心主任、传染病学专家。

这位有"病毒猎手"之称的专家每次疫情暴发，他都要赶到暴发现场调查。早在2003年，他就应邀来到北京，协助中国抗击"非典"。那一年，他带了一只超大的箱子飞来北京，箱子里除了口罩、鞋套，还有1万个赠送中国的检测试剂盒。他与钟南山也因"非典"结识而成为朋友。钟南山的专注和敏锐，还有非常现实和务实的精神给他留下深刻印象。晚上，钟南山接到国家卫健委的通知，第二天，他要赶到北京参加全国疫情防治策略座谈会。老朋友相见只能利用钟南山在路上和候机的时间了。

早晨6点30分，钟南山一下楼就看到了正在等候他的利普金教授，两人简短寒暄后一起上了车，直接开始探讨从药物治疗、血浆疗法等可用于重症病例治疗的各种方法。钟南山在寻求一种能准确诊断的办法,要能准确找到病毒的位置,搞清楚病毒在物体表面存活的时间,譬如门把手、地铁扶手、栏杆。他希望确定一个人在多长时间内具有传染性、什么样的人最具传染性、在什么时候具有传染性,还有病毒是否存在多样的变异性,这样能最大限度地防止更多的人处于疾病传播的高风险中。

他们怀疑武汉华南海鲜批发市场内发生的新冠肺炎可能是二次传播。两个人深有感触,探讨了如何绕开知识产权、主权与贪念,消除阻碍信息正常传播的因素,去建立一个更有效的全球合作机制,来应对全球挑战。

这一次,钟南山希望利普金带领他的团队研制新型冠状病毒检测试剂,追踪病毒是如何进化,或者不进化的,进而变得更容易引起疾病,或者更容易传播。

站在候机楼外,两个人戴着口罩交谈的场景被人拍下来了,告别时握手改挥手,还有利普金回去按规定要隔离……这些都是当传染病学专家的无奈。

他们的谈话从车上持续到出发大厅,又从出发大厅持续到候机室,两个人才匆匆分手,互道保重!钟南山转身而去,空荡的大厅,四面透明的玻璃大幕墙,刚刚露脸不久的朝阳,照射到了一个老人孤单的身影,他一路小跑踏响的足音回响在空荡的大空间。抗疫之路的这一幕,希望历史能够记住。

飞机起飞了。几个危重病人的治疗方案摊开在钟南山的活动桌板上,他要在飞行时间内确定救治办法。

北京座谈会由中国疾控中心召开,国家领导人出席,就进一步加强科学防控疫情听取专家意见。

会议晚上6点结束,钟南山又急匆匆赶往机场。在往机场的路上,北京卫视记者在车上对他进行了专访,许多社会关心的重要问题需要他及时回答。

钟南山赶回广州,他要为又一批广州驰援武汉的医疗队队员送行。广东是最早派出援助武汉医疗队的省,先后派出了二十多批。这些白衣战士有的是钟南山的学生,有的是同事,他一一叮嘱。钟南山对他们说:"你们是去最艰苦的地方、最前线的地方、最困难的地方、最容易受感染的地方来进行战斗,我向你们致敬!我们等你们胜利回家!"他一直把他们送到车上。

随后,他参加国家卫健委、广东卫健委和专家举行的电视电话会议,根据近期的疫情救治工作和病毒研究成果,对新型冠状病毒的流行病学特点、临床表现、诊断标准和治疗方案进行讨论、优化和修正,为新冠肺炎临床救治工作提出指导意见。专家们集中形成了三条意见,这三条意见迅速向全国参加抗疫的医护工作者传达:

2020年1月30日,钟南山在飞机上处理工作

一、不排除存在消化道的传播，对疫情防控具有重要意义。病毒传播途径主要为飞沫经呼吸道及黏膜接触传播，不排除存在消化道的传播。同时，专家正在尝试对患者粪便进行实验，以确定粪便中是否能分离出活病毒。

二、对于轻症患者也应该集中收治、隔离治疗。避免社区聚集性病例的出现。应根据病情严重程度确定治疗场所。鉴于定点医院的治疗压力，轻症患者应该另选择场所进行隔离治疗。

三、对于危重症、重症患者的治疗方案，应在对症治疗的基础上，积极防治并发症，治疗基础疾病、进行器官功能支持的同时，预防继发感染。对重症、危重症患者采取多种生命支持手段，高通量氧辅助、无创面罩通气、小潮气量肺保护通气、体外膜肺氧合（ECMO）等辅助治疗都已经取得较好的效果。

同一天，钟南山院士团队和李兰娟院士团队分别从新冠肺炎患者的粪便中分离出了病毒。钟南山对新冠肺炎是否会通过粪口传播又接受了媒体采访……

冠状病毒形如皇冠，在微生物的世界里无影无形，藏在人的身体里，躲在空气中，四处皆暗藏杀机。它肆虐的速度就是人类高铁的速度、飞机的速度。它狡猾多变，防不胜防。人们惶恐、无助，盼望权威出现。网上有人把钟南山、李兰娟画成了一对守门神，取代了神荼、郁垒。甚至有谣传钟南山1月26日晚连线央视直播节目，专题介绍当前疫情。当晚，很多人守在电视机前，结果发现没有这个节目安排。

钟南山不得不频频出镜，及时回应社会关切的问题，为大众答疑解惑。他的出现给了众人信心，安定了人们紧张的情绪。

钟南山在电视上亲自示范戴、脱口罩的正确方式。在报纸、广播、电视回答一个又一个问题。譬如：哪些症状必须到医院就诊检查，哪种情况可以在家隔离，群众自己可以做什么；患者没有发热症状，怎么排查隐形的感染者或潜伏期患者；什么时候能够接种上新型冠状病毒疫苗；疫情的走势如何判断，疫情还要持续多长时间，预计什么时间疫情将达到高峰；返程春运拉开了序幕，对疫病防控会有什么影响，会不会出现大传染；返程人员应该采取什么防护措施……他的发声甚至影响到了股市的走势，很多炒股软件不放过他的每一句话。

这一切，对于一位84岁的老人意味着什么？他从1月18日投入抗击疫情之中，大年三十也没有回家。上午，他在广医一院召开了一个紧急会议，成立核酸筛查应急检测组，启动了一级预案，医院进入一级响应应急状态。广州市市长温国辉来医院调研，他陪同广州市市长调研并检查疫情防控工作，提出疫情防控建议。下午，作为广东省防控工作领导小组副组长，他又出席了领导小组召开的会议，并接受记者采访。

大年初一，广医一院一大早召开了疫情研判会议，研究对策。就像"非典"时期那样，钟南山再度提出要尽早把其他医院的危重症和重症患者转到自己医院的ICU来。他要求集中传染、呼吸和重症三个领域的优质资料，做好收治重症患者的准备。

会议布置完毕，他跟医院领导给坚守岗位的医生护士拜年。中途被一个有关重症患者救治的电话打断。中午收到实验室进行标本实验的请示，下午又继续开会，讨论重症患者的救治方案，部署实验室科研紧急攻关。接着，他来到病区，落实外院转来的重症患者如何安置的问题。

晚上，他赶到呼吸疾病国家重点实验室，与他邀请来的复旦大学附属中山医院呼吸科教授宋元林商讨重症患者的治疗问题，并决定启动相关注射液在治疗新冠肺炎上的临床医学研究项目。两人一直探讨到深夜11点……

第二天，广医一院就从外院转来了两位危重症患者，第一个转来的患者入院前做了气管插管。钟南山一早守候在医院，医护团队马上投入了战斗……

他这是用生命在战斗！他把别人的生命看得比自己的生命更加重要！

为他着急的莫过于他的家人。妻子李少芬看到熬红了眼睛的他，既生气更心疼，却又无可奈何！她知道自己劝也劝不住，他这一辈子最在乎的就是病人。

十

死亡人数一天天上升。钟南山寝食难安,他变得容易落泪,容易伤感。病人对他从来就不是一个数字,而是一个个鲜活的人,他怜惜他们,心疼他们。他的眉宇间一刻也没有舒展过。

有一首帕斯捷尔纳克写二月的诗歌,可以形容他此刻的心情:"二月。墨水足够用来痛哭!/大放悲声抒写二月,/一直到轰响的泥泞,/燃起黑色的春天……"

有一天,一个在武汉救治病人的学生给他发信息,说外面街巷老百姓突然唱起了国歌。钟南山一时热泪盈眶。他知道艰难时刻士气非常重要,大家的劲头上来了,有了一种精神,有了团结协作的力量,很多东西都能解决。

他在接受新华社记者采访时说到武汉人唱国歌,相信武汉能够渡过难关,武汉是一座英雄的城市时,两眼噙泪,嘴唇紧紧抿成了一道弧线。钟南山知道疑似和已经确诊的患者不能住进医院,回家自行隔离,这种行为有多么危险。

病毒如此猖狂,强烈的传染性超出了他的预期,让病人离开医生回家,让亲人面对高风险的传染,让病人听任命运的安排,听任病魔肆虐,独自面对生与死,这对一个一生只为病人着想的医生来说,心里弥漫的悲哀与沉痛,难以言表。

钟南山不喜欢用手机,如今却24小时开机,为的是医院有什么请求,他可以及时处理。一个求救电话打来,无论什么情况,他都不能耽搁。看到这么多同行病倒,有的献出了生命,他无比揪心。武汉抗疫一线有他很多学生和同事,他几乎每天都要询问奋战在一线的医生、护士的身体情况。

钟南山团队担负了对武汉市定点医院重症患者救治进行巡诊的任务,评估患者病情和治疗方案,确定需要转诊集中收治的患者,确保对重症患者进行科学的救治。他的团队有7位干将在武汉协和医院西院的ICU奋战,带队的是广州医科大学附属第一医院的副院长张挪富,20个床位安排的全都是重症中的重症。

特别之处是这个重症隔离监护室并排放置了两台大屏幕,24小时连线广州,钟南山院士团队的50位专家通过视频连线一起参与重症救治。每次看到从死亡线上救转过来的病人,大家无不欢欣鼓舞!

2月1日,张挪富带领团队成员奔赴武汉,这个工作组由广医一院重症医学科医护人员组成。他们进驻华中科技大学同济医学院附属协和医院西院。当时,协和西院收治了200多名患者,绝大多数是重症。院方如见到救星一样,负责人说:"ICU还没有开。就等你们过来了!"

张挪富接他的话,直奔主题:"既然这样,接下来就把最重的病人交给我们吧!"

张挪富敢这样表态,是因为他参加过抗击"非典",他参与诊疗的都是最危重的病人。钟南山团队的人不打硬仗谁打硬仗!这次带队,张挪富既是医疗专家,又是队伍管家,新闻发布会、疑难病例讨论会都有他的身影。为提高救治效率,挽救更多生命,他不避难题,大胆直言,有钟南山同样的风格。

开始几天,抢救患者非常忙乱。ICU不符合传染病收治要求,需要按要求改造,合理划分出缓冲区、洁净区、污染区。ICU改造刚一完成,危重症患者已经被推到门口等待入住了。5天时间,20张床就全收满了。

2月7日晚,又一批广东医疗队50名队员抵达武汉,加入团队,整建制接管ICU,战斗力大大加强。

一位姓金的患者,最早住进ICU,经历了呼吸衰竭、肺部感染、心肌损伤、感染性休克等多重险境,更棘手的是,她还属多重耐药。张挪富想方设法调来抗生素,所有抗生素中仅仅只有一种对她有效。他两次连线钟南山远程会诊。经历了20多天奋战后，金女士终于成功拔除气管插管，转出ICU。

一位姓王的患者，入院戴上面罩进行高流量吸氧，面色依然潮红，好多天，病情一直反复多变，喘憋加重，咳嗽，大小便、痰液中带着血色，氧饱和度持续下掉，生命危殆。

连线广州专家联合会诊，大家高度怀疑她是缺氧后消化道出血，必须立即止血。

2月5日凌晨，王女士指尖血氧饱和度低至61%，面罩吸入纯氧后也只有84%，心率130次/分。医护人员立即与家属进行电话沟通，王女士并发急性呼吸窘迫综合征，必须马上转入ICU。

ICU负责人徐远达，他是重症医学科主任，带着团队成员席寅、吕政、孟磊等展开救治。他们仔细斟酌用药用量，给王女士抗病毒、抗感染、抑酸护胃等对症支持治疗，根据病情进展及时调整她的呼吸机参数和用药。但是，病人体内的新冠病毒太"狡猾"，几经周折都不能将它彻底歼灭，病情总是不断反复。

张挪富于是3次连线广州，与钟南山院士团队进行远程会诊，讨论王女士的病情和诊疗方案，集中最强大脑找出病情反复的原因。

2月18日，医护人员发现王女士口腔分泌物过多，如果继续保留经口气管插管，则会引起患者呛咳。经过专家组讨论，为她换成了经鼻气管插管。虽然这样增加了医护人员的工作量，但保持了病人的口腔清洁。护士还加强了她的口腔护理。

2月21日，经过核酸检测，王女士的指标已经转为阴性。好不容易迈过了新冠肺炎这道难关，当日痰培养却发现大量多重耐药菌。张挪富、徐远达和兄弟医院专家又反复斟酌研讨，根据钟南山院士的会诊意见，针对个体化情况不断调整抗感染治疗。

每天早晨交班时，张挪富都会特别叮嘱医护人员："治病不忘治心！"要他们多加注意心理护理，安慰也很重要。

王女士神志清醒时总是愁容满面，她非常担心自己的家人。主治医生温德良每天下午跟她丈夫通电话，然后将家里的情况转告她，又用值班手机给她一遍遍播放丈夫发过来的视频、语音，缓解她紧张和焦虑的情绪。

医疗护理工作非常繁忙，为了医护人员不在身边时病人不陷入胡思乱想中，护理队员在王女士看得到的地方贴了一张纸条，上面写着："加油！相信我们！很快一家团圆！"

2月25日下午，专家综合评估后一致认为王女士的生命体征相对稳定，不再需要有创呼吸机的支持了，医生为王女士拔除了经鼻气管插管，终于帮她解除了"枷锁"。

在抗疫指挥部要求患者应收尽收、应治尽治的情况下，协和西院床位数迅速增加到800多张。但ICU病床远远不能满足需求。张挪富意识到单纯增加床位，没有恰当的治疗，死亡率很难降下来。他向国家卫健委工作组建议，在全院其他16个普通隔离病区开展有创通气治疗，并配备大量无创呼吸机。国家卫健委工作组当场拍板采纳。这一举措相当于增加了数十张ICU病床，危重患者人等床的窘境得到了缓解。

ICU一个月收治了危重症患者62人，13人拔除了气管插管，15人从ICU转入普通病房。这份"成绩单"让张挪富感到欣慰："仿佛看到了胜利的曙光。"

2月22日下午，钟南山远程视频连线湖北一线的医护人员，除了研究调度疫情防控事项、患者救治外，对医护人员感染人数超过3000，有医生、护士相继牺牲，他感到十分担心。他详细询问了解他们的身体状况，询问隔离措施是否到位，又问到家庭是否存在什么困难，他告诉大家："后方有家事、急难事，甚至心事，我们都尽量安排好、解决好。"

广州市工青妇了解到这一情况，马上组织起一支队伍，对前线医护人员家庭实行一对一服务，为家属舒缓心理压力，进行沟通交流、精神鼓励和心理咨询，主动揽下照顾长者和母婴、家庭保洁等家务活，免费配送生鲜食品套餐和纸尿裤、湿巾等母婴用品，给确诊受感染的直系亲属发放救助金，为抗疫一线医护人员购买保险。

除了武汉主战场外，钟南山还是广东领衔抗疫的专家。新冠

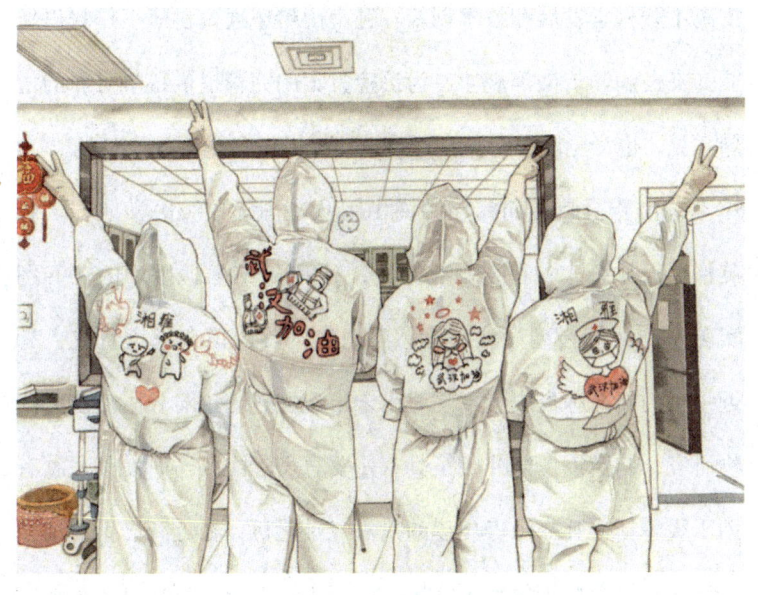

2020年2月,中南大学湘雅医院第三批援鄂医疗队队员、90后护士吴思容轮休时,根据队友们的性格,在他们的防护服后画上手绘作品,给大家加油

肺炎广东确诊人数达到1000多人，是除湖北省外感染人数最多的省，压力同样巨大，丝毫不能掉以轻心。钟南山甚至赶到深圳的重症隔离监护室救治病人。

人类同疾病较量最有力的武器是科学技术，人类战胜大灾大疫离不开科学发展和技术创新。钟南山希望通过科研工作找出新冠肺炎发病和传染等规律，为诊疗方案的完善提供科学可靠的指导意见，也为全国，乃至全球疫情防控提供有益参考。

抗击新冠肺炎期间，钟南山团队在国际顶级医学期刊《新英格兰医学杂志》在线发表论文，对中国552家医院中的1099例实验室确认的新型冠状病毒感染患者的临床信息进行研究，有近一半的新冠肺炎患者入院时尚未出现发热。这对开展疫苗和药物研究，制定疫情防控政策具有重要意义。团队还研发了一款有助于缓解新冠肺炎患者病症的氢氧气雾化机，在上海已生产出了近3000台，无偿提供给了临床一线使用。氢氧气雾化机还跟随中国医疗专家组抵达了伊拉克，支援当地的救治工作。中国掌握的一些有效治疗新冠肺炎的方法也由医疗专家组带到了伊朗、伊拉克、意大利等国家，支援全球抗疫。

团队研发的隔离病床、隔离诊台、隔离输液椅等防控产品在广东（南海）生物医药产业化基地生产出厂，开始在全国多家医院投入使用；与中科院沈阳自动化研究所联合提出了智能化机器人咽拭子采样的解决方案，可以有效降低医护人员感染的风险。

团队还与哈佛大学共同设立科研攻关专家组，围绕病毒溯源、抗体研发、快速疫苗研发等领域进行科研攻坚。同时还加强了与日本、新加坡、意大利等国家医疗团队及相关医学学会的经验交流，共同推动全球疫情防控。

1月21日，中国科学技术部会同相关部门，共同开展新冠肺炎疫情应急科研攻关，成立新型冠状病毒联防联控工作机制科研攻关专家组，钟南山担任组长。

国家层面迅速启动应急科技攻关项目，着重在病毒溯源、传播途径、动物模型建立、感染与致病机理、快速免疫学检测方法、基因组变异与进化、重症病人优化治疗方案、应急保护抗体研发、快速疫苗研发、中医药防治等10个方面进行攻关。

1月22日，"新型冠状病毒感染的肺炎疫情科技应对"第一批8个应急攻关项目紧急启动，经费拨付到位。

钟南山又率领团队投入了医药科研攻关。

一开始他就让中医直接介入，以中医药做基础实验和临床试验，在医疗过程中观察新的治疗办法。他的团队结合岭南气候、水土、饮食、人文等特点，针对疫病四诊资料，很快拟定出新冠肺炎预防凉茶处方，供医护人员及居家隔离防疫的市民选用。

刚成立半年多的南山-以岭肺络联合研究中心投入"战

疫"，这个钟南山与吴以岭院士团队合作的中西医结合防治呼吸疾病的平台，探索中西结合治疗方案，开展连花清瘟颗粒治疗新冠肺炎临床实验研究，研究结果证实连花清瘟颗粒是提高新冠肺炎临床治愈率的有效药物，为抗击新冠疫情提供了有力的武器。

第二章 癸未年"非典"之痛

一场"非典",必须要有人讲真话。讲假话的代价,国家和人民都承受不起。这个讲真话的人也许就是上帝的安排,也许是道义和历史在选择一副铁肩,这个人就是钟南山。

"非典"成就钟南山的主要不是医术,而是铁肩担道义,虽千万人吾往矣!历史把这样的使命和考验摆到了钟南山的面前。

一

"非典"转眼过去17年了。我们以为冠状病毒引起的传染病已经远去,一切已成为历史。新冠肺炎疫情突然出现,它以更加凶猛的传染性,肆虐人间,席卷全球,让世界错愕、震惊!它在人类历史上留下了灾难深重的一笔!

这一切又勾起人当年的记忆。目光转向时间的深处,我们发现过去与现在如此相似,或者说现实依然走不出历史,我们以为自己走得很远了,忙忙碌碌之间,回首遥望,远去的只有如烟的岁月。对比两次冠状病毒疫情,能够更好地了解一个人,他带给我们的还有更深的启示。

2003年就是一面镜子,让我们再一次走近这面镜子吧。

河源有一条清澈的新丰江,被万绿湖拦住后,浮起一片浩荡的碧蓝,收藏了童话似的纯粹。青山绿水间,万物生长,一派生机。

一个不祥的时刻，打破了千年的安宁。紫金县柏铺镇，黄杏初的病情越来越严重了。他是一个厨师，能做一手地道的客家菜，在深圳一家餐厅掌勺。十天前感觉有些不舒服，发热、畏寒、全身乏力，像是风寒感冒，他去医院打了吊针，病情也不见好转，于是，他听从家人劝说，回到了老家。

在家休息一周后，黄杏初一直发烧，母亲用家里的土方给他调理后，病情反倒加重了。

河源市人民医院，2002年12月15日内科当班的主治医生是叶均强。这天下午，一位壮实的汉子被人搀扶着，走进了他的门诊室。他咳嗽、头痛，发烧不退，特别是呼吸急骤。叶均强诊断为肺炎，给他施用抗生素。

这个病人就是黄杏初，后来被人称为"毒王"，是第一例有名有姓的"非典"患者。

（随后，一场追踪病毒源头的全民溯源行动自发进行，医生、流行病学家、媒体、市民，全民参与，追踪病源。黄杏初又愧疚又绝望，更感到恐惧。捐献了自己的血清后，他就失踪了。数月后迫于强大的舆论压力，他又不得不现身一次。溯源还在佛山找到了比黄杏初早一个月发病的"非典"患者。11个最早出现的病例，大都与野生动物有接触的历史，他们是野生动物的运输者、交易人员、厨师或餐馆服务员，但彼此之间并无关联。）

第二天，又有一位姓郭的中年男子来医院看病。他与黄杏初的病情非常相似。肺部都出现了阴影，但病人的白细胞却没有上升。施用抗生素同样都没有效果。

黄杏初住院两天，病情继续恶化，高烧40℃，胳膊、大腿、股沟放满了冰袋也退不了烧。叶均强决定将病人转院，护送他去广州。

救护车一路呼啸。为了降温，叶均强路上几次停车买了冰水给病人喝。傍晚时分，赶到了广州陆军总医院。

陆军总医院呼吸内科主任黄文杰正准备下班，救护车上的病人抬到了他的面前。他马上开始抢救病人。一量体温，患者高烧39.8℃，呼吸困难，全身发紫，神志不清。病人狂躁不安，四五个医生才能将他强行按住。

固定住病人后，打了镇静剂，黄文杰采取治疗措施。

患者病情仍在继续恶化，黄文杰决定给他上呼吸机，插管。

还在河源市人民医院治疗的郭姓患者病情也恶化了，畏寒、高烧，咳嗽咳得说不了话。12月22日，叶均强再次护送他到了广州医学院第一附属医院呼吸疾病研究所。

郭姓患者就是钟南山收治的第一位"非典"患者。钟南山在广州医学院第一附属医院呼吸疾病研究所任所长。一连5天，医生仍找不出病因，患者病情不断恶化。这一异常情况在钟南山查房时报告给了他。

钟南山对病人进行了体察和分析，他双肺弥漫性渗出，呼吸窘迫，肺部经X光透视呈现"白肺"。按一般肺炎治疗，使用各种抗生素均不见效。病人发烧并不严重，其他器官正常，病情恶化后，给他插管进行人工通气，发现肺很硬，像硬邦邦的塑料似的，吹不胀，缩不扁，失去了弹性，用通常的办法通气产生了气胸，肺一下就破了。

钟南山这时才怀疑病人不是普通的肺炎，可能是一种很特殊的急性肺损伤，或者是急性的呼吸窘迫综合征，根据情况尝试用大剂量皮质激素进行静脉点滴治疗。

到了第三天，意外地发现病人的情况出现明显的改善，呼吸困难的症状减轻了。钟南山感到特别惊奇。

他判断这种肺病的毒性罕见，不仅来势凶猛，而且难以治疗。直觉告诉钟南山，一股阴森森的东西正在向他扑来。

果然，从河源传来了令人震惊的消息：河源市人民医院参与抢救郭姓患者的8名医护人员全部被感染了！

12月23日，河源市人民医院内一区护士游丽成为第一位感染"非典"的医护人员，她是一位孕妇，已有身孕4个月了。

这天晚上，叶均强梦见自己来到了一片旷野，四周漆黑，寒风向他吹来，冻得他全身战栗……冻醒后，他发现自己做了一个梦。他赶紧找被子，裹了两床被子仍然冷，然后开始发热。他也被感染了。

接着，又有9人出现同样的症状，其中6人是医护人员。被感染人数共有11人。

1月2日，中山市又发现了症状相同的病例。

钟南山嗅到了一股危险的气息。他召集大家，吩咐全体医务人员做好准备。他让医院将郭姓患者的病情上报广州市越秀区防疫站。

广东省卫生厅2003年1月2日上午接到了警讯，当天下午紧急组织了几位专家赶赴河源市人民医院会诊。

同一天，中山市中医院也来了一位患者，是一家酒楼的厨师，得的是同样的病。1月5日中山又有一名厨师患病。1月20日，中山市患者累计28例。珠江三角洲的顺德、佛山、江门等地接连出现病例。中山、江门也有医护人员被感染了。

1月21日晚上，钟南山赶到了中山，对中山市收治患者的三家医院进行现场调查，会同广东省卫生厅派出的专家组，对病人进行会诊和抢救。

第二天，他与调查组的专家一起将调查情况写成了一份正式的书面报告——《省专家组关于中山市不明原因肺炎调查报告》，写明了非典型肺炎的临床症状、治疗原则和预防措施。调查报告第一次将这种传染性疾病命名为"非典型肺炎"，简称"非典"。

1月23日，广东省卫生厅火速以文件形式下发各地。它成为指导诊断、治疗非典型肺炎的重要依据。

2003年3月，世界卫生组织根据这种疾病的临床表现和流行病学特点将其命名为：重症急性呼吸综合征（Severe Acute Respiratory Syndrome，SARS）。

大家感到，一场疫情正山雨欲来风满楼。

二

还有几天就是春节了。2003年春节没有大年三十，腊月二十九就是大年夜。南方的民工潮已把广州、深圳的火车站、长途汽车站挤得水泄不通。从珠江三角洲回乡的人焦灼不安，有的一票难求，有的对拥挤的旅途心生恐惧，但过年回家的信念却毫不动摇。

仿佛只有家乡的年才是年，哪怕岭南春节有迎春花市，粤人过年也过得有滋有味，但总感觉不到是在过年，没有了冬季的严寒，四处都是花红柳绿，没有了家乡风味，切断的是童年的记忆，过年过得也是怅然若失，有的甚至失魂落魄。

人们的心事都在过年上了。只有医护人员和相关部门越来越紧张。疫情随着年关逼近，也在快速发展，病倒的人越来越多。送来广州呼吸疾病研究所的病人有20多人了。

谣言出现了，"某某医院死了上百个医生""某某医院已经关闭了"。传得最吓人的是：顺德、中山有一种怪病传来广州了，一天发病，很快就呼吸衰竭，无药可救，已经死了很多人。有的说得更离谱，说这种病传染快，同坐一辆车，跟病人见个面，就会被传染。被传染的医护人员，上午得病，下午透视，肺上就全是白点，晚上抢救就无效了。还有说禽流感、鼠疫、炭疽也来了……

谣言传播之快，离广东最远的东北人也在说："广州暴发了夺命肺炎。"

抢购风刮起来了，药店的板蓝根、抗病毒口服液和商店的白醋卖断了货。有人囤积居奇，一瓶醋卖出了100元的高价。

在珠江三角洲办厂、定居的香港人为躲避瘟疫，早早就回香港过年了。

新闻媒体对事件的报道极为含蓄、隐晦，说今年春节要特别注意"流感"。这样的报道老百姓并不在意。只有少数知情的人才懂得这其中的含义。相反，报道造成市民的麻痹。癸未羊年春节就像往年一样热热闹闹，一片喜庆。人们谈论这一年发生的事情，或兴高采烈，或愤愤不平，手机从模拟移动通信网进入了数字时代，中国足球队在世界杯赛场首次亮相，演员刘晓庆涉嫌偷逃税被逮捕，陈水扁抛出了"一边一国"论，飞机两次失事……

对一些人，这注定是一个乐极生悲的春节。大年之后，出现了家庭聚集性和医院聚集性传染。病人拥向了广州的中山二院、中山三院、第八人民医院、广州市胸科医院。中山二院、中山三院毫无防范，不知道这是一种传染病，医务人员被感染后，开始惊慌了。

2月11日，广东省卫生厅举行了记者见面会。为稳定社会恐慌情绪，请出了钟南山，他以院士的声誉担保，非典型肺炎并不可怕，可防、可治、可控。他告诫大家不要惊慌，配合政府和卫生部门，共同抗击病魔的挑战。

这时候，钟南山站出来主动请缨，要求把最严重的病人送到他们呼研所来。做出这样的决定需要极大的勇气，不只是病人治不好要担责，医院的牌子会被砸掉，最危险的是传染，那是要人性命的。但钟南山非常淡定，表现得无所畏惧。他并非不担心、不害怕，但是，如果从事这个疾病研究和治疗的人都害怕退缩了，那还有谁敢来救治？！

三

每个英雄都是平凡的，都是一样普普通通的人。成为英雄是他们在危难时刻，没有退缩，他们首先想到了别人。他们胸怀大局，心有大爱。于是，勇气在险境中激发，决心在抗争中彰显。人性中最善最美的品质发出了光芒。

钟南山临危受命，就像17年后他又一次临危受命，担任了广东省非典型肺炎医疗救护专家指导小组组长。

面对这场来势汹汹的疫情，钟南山表现出的不只是一个医者的爱心，更有一个战士的勇敢！很多重症病人被送到呼研所来了。他带着自己的同事，毫不犹豫地投身到抢救病人的战斗中。面对疫情的威胁，他们没有一个临阵脱逃。这一支尖兵队，向病魔发起了一次次冲锋，救治每个重症病人就像战士炸碉堡、攻城池。

呼研所组成了四个梯队，一梯队被感染倒下了，二梯队冲上去；二梯队有人倒下了，三梯队的人顶上；三梯队的人倒下了，四梯队再上。病倒的人痊愈了，重上火线。

医院还是紧挨珠江边的医院，同样的大楼，同样的病房，一夜之间，再踏入这里，让人不敢相信死亡怎么就突然挨近了，紧贴着身了，它躲藏在每个角落，在你偶尔的疏忽或是丝毫没有察觉的时候，它就把你击倒了。呼研所和广医一院倒下的医护人员有26位，他们并没有离开过自己熟悉的大楼。

倒下了又怎么样？病人住在病房里，难道不去上班？没有倒下的依然天天走进大楼，只是内心感受到死亡冷飕飕的阴风正在吹向自己。但大楼里的人无人退缩。

倒下后治愈的医生护士又继续走进了大楼，他们决不向疫病低头。重新披挂上阵，有人笑称自己获得了抗体，已经"百毒不侵"。当世界卫生组织的人询问钟南山，你们有没有医生离开，钟南山自豪地告诉对方："一个也没有！"

这是一个英雄集体！英雄主义精神需要一个英勇的带头人——钟南山。他带头进入重症隔离监护室，亲自检查每一个病人，亲自制定救治方案。危险时刻他冲在最前面，凝聚起大家冲锋陷阵的勇气。

打这样的硬仗他不带头，话说得再动听都是作秀。

不幸的是广东省中医院的护士长叶欣以身殉职了。中山大学附属第三医院传染科的主任医生邓练贤牺牲了，大年初一，抢救号称"毒王"的病人，他在对病人施行气管插管时被病人咳嗽喷出的痰感染了。广州市胸科医院重症监护室主任陈洪光也倒下了……抢救"非典"病人，由于医护人员与病人没有彻底隔绝接触，往往抢救一个病人倒下两三个医护人员。这些被感染的医护人员都集中到呼研所来了。钟南山看着这些与自己多年在一起工作的同事和同行病倒，心揪得很痛。他感到了身上千斤重担般的压力。医生倒下，给社会造成的恐慌更大，必须让他们尽快站起来！

钟南山已经意识到了，除了危险面前勇气的激发，他也有如山的责任——保护大家的安全！每天他都要仔细检查医护人员的隔离措施是否到位，询问同事们的身体状况。他交代医生查看病人口腔时，对着病人打开风扇。ICU的护士说："没有谁比钟院士更细心周到了。看见我们口罩戴得不规范，他马上走过来纠正。"

对被感染住院治疗的医生，他每天要致以问候，即使出差在外，也要打电话询问他们的病情。他实在放心不下。ICU一位叫郑则广的医生被感染后，情绪也不稳定，钟南山在外开会时知道这个情况后，就给他发信息，鼓励他。

救治"非典"病人时，钟南山一投入，往往会忘记了危险。有一次，抢救一个呼吸衰竭的病人，当时呼吸机正在调试中，情况紧急，他就自己将病人从车床推到抢救床上，用简易人工气囊给病人做人工呼吸。这是很危险的动作，许多医生就是因为做人工呼吸时被病人从气管喷射而出的血和痰液感染了。这些液体一旦喷射出来，就会溅得人满身满脸都是。钟南山那时一心想的只是病人的安危。

一个67岁的人还在做体力活，病人家属后来得知这一情况，内心被他深深感动了。

另有一家五口人，四人被感染了"非典"。住进呼研所后，大儿子情绪非常激动，不时从隔离病区冲出来，要见他的太太。生离死别，他想着太太，悲痛不已。钟南山见别人做不通他的工作，就自己亲自去做，一定要平定病人的情绪。这是救人性命所必需的。正由于钟南山懂得病人，能够体会、理解病人的心情和感受，当他沉着又睿智的目光望着病人，对方从他的眼神里读到了宽慰和信心。

那个特殊时期，广州市的大小医院，只要是收治了"非典"病人，只要有请求，他能安排时间的，随叫随到。常常一个求救电话打来，他连身边人都来不及通知就动身了。

为攻克"非典"难关，钟南山成立了以肖正伦、陈荣昌、黎毅敏为骨干的老中青呼吸疾病专家攻关小组。非典型肺炎发病急,病情变化快,而且规律很难摸索,为了搞清楚"非典"的发病规律,钟南山不放过每一个病人。

不知道度过了多少个不眠之夜后,他们终于摸索出了一条行之有效的治疗办法,钟南山总结为:

第一,在急性发作期,特别是有高烧、有肌肉疼痛的时候,采取中西结合,特别是中医的一些清热解毒方法,减轻症状。

第二,当病人病情发展到一定程度的时候,及时地使用类固醇,或者皮质激素,预防肺发展为纤维化,以及更严重的呼吸衰竭。

第三,在发现病人有比较明显缺氧的时候,应该采取人工通气的办法,但首先不采用插管,或者是气管切开来通气,应采用无创的鼻罩,或者面罩来通气,这个方法也证实了很有效,很多病人都过关了。

第四,因为这种病人发病以后,抵抗力非常低,很容易产生二重感染,所以要及早地预防这些感染,这是一个减少死亡率的重要因素。

这些具体的指导意见,作为广东省卫生厅《广东省医院收治非典型肺炎病人工作指引》下发各地市与省直、部属医疗单位。

这些逐渐形成了医生们都耳熟能详的"三早三合理"治疗办

法,即"早诊断、早隔离、早治疗"和"合理使用皮质激素、合理使用呼吸机、合理治疗并发症"。

这些治疗方法的及时推出,成为广东抗击"非典"战役的一个转折点。从此,广州"非典"疫情的气焰渐渐被压制住了。

2003年4月3日,世界卫生组织一行七人来到了广州,他们第一时间就要求与钟南山见面。在广东迎宾馆,钟南山代表广东省非典型肺炎医疗救护专家指导小组做了40分钟的汇报。他的发言让这些专家连连称赞,认为治疗非典型肺炎的经验在广东找到了。这时,全世界有20多个国家和地区暴发了"非典",但在治疗方面成效最好的是广东。"非典"治愈人数占报告病例数的86.3%,死亡率仅3.7%。

四

病人潮水似的向医院涌来。钟南山很清醒,当前比抢救一个个病人更重要的事情是控制源头,隔断传染!要做到这点必须以最快的速度找到病原体,找到它的传播途径,否则,局面无法控制!

这个道理很浅显,就像水漫过来了,你与其用瓢拼命去舀水,不如找到水龙头把它关了。作为中国工程院院士、学术带头人,又是呼吸疾病专家,疫情面前他不担当谁来担当?钟南山觉得自己责无旁贷,他有这个责任找到水龙头,把它关掉。

寻找源头谈何容易!钟南山一方面心急如焚,另一方面,他那股探求科学的蛮劲上来了,这一条扑朔迷离的探索之路又让他莫名兴奋。对于一个科学家来说,没有遇到难题,他的科学探索也无从谈起。因此,尽快找出病因,摸索出治疗非典型肺炎的有效方法就成了钟南山最大的心愿。

钟南山书房的灯光经常通宵不熄。同事劝他注意身体,他也不以为意,找不到施救办法,他无法安心。当年留学英国,为了一个实验他都不惜以身犯险,何况现在是千百人的生命。救治病人与追求真理和科学是钟南山一生最重要的事情,几乎就是他人生的全部,而今,这两者并成了一件事情,以钟南山的心性,他是愿意用自己的性命来换的。

钟南山泡在一线救治现场,对病人密切观察。终于,他率领助手们摸索出了一套更细致的施救方法:当肺部阴影不断增多,血氧监测有所下降时,及时应用无创通气,增加氧气供应,并防止肺泡塌陷;出现非常明显的高烧和肺部炎症加重时,施加大剂量的皮质激素，减轻肺泡的非特异性炎症；尽管没有有效的抗生素，但观察病人出现继发性感染时，要使用针对性的抗生素。这些方法都是他从病例中及时总结出来的经验，临床实践，多数危重病人趋向好转和稳定，早期的已康复出院。而且有效防止了大量使用皮质激素导致骨头坏死的后遗症。这些方法马上在广东推广。

但病原体的寻找迟迟没有突破。钟南山寻找资料、联络专家，在迷宫中向前摸索着。他身边有人提醒他，省里成立了病原学检测技术指导小组，病原体的事你就别找了。要是有人说你越权，那就费力不讨好了。

钟南山不予理睬。找到病原体当然是医学上的突破，是科研的重要成果，但更重要的是救治病人。他是医生，这是职责所在。

2月18日，北京权威专家通过中央电视台、新华社正式对外发布权威结论："引起广东部分地区非典型肺炎的病原基本可确定为衣原体。" 他们在从广东送去的两例死亡病例肺组织标本切片里，在电子显微镜下看到非常典型和清楚的衣原体颗粒图像。其他如支原体、立克氏体等微生物都没有发现。

2月19日，中央电视台播出对权威者的访谈，他说对付衣原体治疗变得很简单，用对衣原体有效的抗生素就可以了。

权威部门的结论让广东的专家震惊了！按他们的结论，推荐特效药四环素、红霉素类抗生素就可以治疗了，程序大大简化。但如果结论是错误的，那将使许许多多的人付出生命的代价！

2月18日下午4时，广东省卫生厅立刻组织召开专家会议，对国家最高权威专业部门的检验报告进行分析讨论。钟南山不认为是衣原体，衣原体只是最终导致病人死亡的原因之一，而主要病因可能是一种新型病毒，他们仅仅从两个肺组织的标本进行电镜观察就下结论，科学依据不足。

从临床表现和治疗经过分析，广东的专家同意钟南山的意见，不支持衣原体感染的结论，认为病毒感染的可能性大。对衣原体颗粒的发现只能说明这2例病人有衣原体感染或合并感染，并不能说明其他病人都是衣原体感染。要推翻权威部门的检验报告，广东省卫生厅十分紧张，组织专家连夜对医院送来的血清进行肺炎衣原体抗体检测，一共做了90例，其中17例呈阳性，占18.9%，检测证明：不能认定衣原体感染的结论是正确的。

钟南山在媒体上勇敢地否定了权威部门的结论，与权威部门的权威对抗，所有人心里一紧，他这是在公开挑战啊。只要钟南山的判断有一点点失误，他将面临一场"灾难"！这需要怎样的胆识啊！给钟南山勇气的仍是那些等着他抢救的病人，他若不坚持自己的观点，就得死人！道理就是那么简单，他要捍卫的是科学和真理，还有人的生命。钟南山很清楚后果，自己站出来也许是个人的一场"灾难"，但不及时纠正错误，那将是所有病人的灾难！

这一天，也许是压力，也许是劳累，他病倒了，发热，全身乏力，被同事强行送到了家里。

钟南山的观点被广东省卫生厅采纳。这成为抗击"非典"的重要分水岭。这条硬汉子以中国工程院院士的身份挺身而出，挽救了不知多少人的生命！

五

科学家的思维往往简单，研究起学术来心无旁骛，很少掺杂社会的和人的因素。但疫情是超出门诊和手术室牵涉社会各方面的大事。当钟南山独力如孤胆英雄一样寻觅源头时，一件令他意想不到的事情发生了，因为这一件事情，他38小时不眠不休，最后在病人身边倒下。

钟南山倒下了，意味着汹汹疫情有可能彻底失去控制！

说误会是事后轻描淡写的说法。这件事是内伤，受伤者并不愿被人触碰。多苦的事钟南山都不怕，最难的问题他也没有退缩过。相比冒着被感染的危险抢救病人，这种心灵的伤害更加难以承受。倔强如钟南山者，也会变得非常脆弱。

事实也是如此，如果抢救病人，钟南山连续38个小时不休息，以他的身体条件，可能不会倒下。但中间加入了这一事件，在他必须撑住的这38个小时之后，他倒下了。他的病像是如约而至。

还是寻找病原体，钟南山需要病原学和临床方面的密切协作。他认为这是人类的一个疾病，不是一个国家所面对的问题，也不是一个国家的医务人员能独自承担和解决的问题，靠一个国家的力量难以取胜。在来势汹汹的疫情面前，需要联合世界上所有人的智慧来共同面对，靠人类的集体智慧战胜病魔和灾情。

寻找病原体先要检测病毒，内地还没有很先进的检测设备。时间紧急，他想到了自己的两个学生，一个叫管轶，一个叫郑伯健，他不但信任他们，而且对他们的学术造诣也很认可。两人都是香港大学微生物学教授，专攻动物病毒。香港在病原学研究上实力比内地强，有跟发达国家水准一样的实验室，检测技术水平很高。钟南山为此去了一趟香港大学，他实地考察后，双方马上展开了合作。

2003年2月下旬的一天，钟南山赶到上海参加有关抗感染的会议。这是一个与"非典"有关的会议，对抗击"非典"十分重要。会议期间，广东省卫生厅的人电话通知他必须当天赶回广州，事情十万火急！

他尽管犹豫，但不得不中途离会，连夜乘飞机赶回广州。

晚上10点多钟，飞机降落白云机场。钟南山走下舷梯，在探照灯一样的强光下，他看到飞机旁边停着一辆专车。他刚一出现，就有人走过来，请他立即上车。一路飞驰，一秒钟也不敢耽搁，从停机坪一直开到了一家宾馆。

大门口也有人等着。他刚一下车，他们就把他带到了一个会议室。钟南山走进会场，每个人都正襟危坐，面无表情，他感觉到一种少有的严肃气氛。

他匆匆扫了一眼，会场上有他熟悉的领导，也有很多他不认识的人。他坐的位置早已安排好了，来人把他引到座位就座。

刚一落座，一位领导就单刀直入，盯着他说："我们掌握了一个情况，明天香港要公布病原体。听说是你跟香港私下合作的，我们想了解具体的情况。"

全场鸦雀无声，连一根针掉在地上都能听见。

钟南山有些蒙了。

钟南山熟悉的领导也出声了，用询问又严肃的口吻问："你是怎么做的?"

钟南山事后才知道,专门把他叫回来,是因为上面来的领导以为钟南山把这次疫情当成了禽流感。事情更为严重的是,明天香港公布禽流感的证据材料,内地将遭到香港与国际社会的指责,他们会追问隐瞒的缘由,追问为何不及时公布!如果出现这样的情况,国家将非常被动。在他们眼里,担心钟南山是在出卖情报,为个人博取名利,置国家利益于不顾,甚至上纲上线到叛国罪。

钟南山不认为自己做错了什么,他只不过是做了一个医生应该做的事情。寻找病原体,要靠先进的检测设备。其他国家相距遥远,只有香港是最方便的。钟南山请他们用自己的科研设备来化验血清痰样,检测病毒,双方共同研究,这是必须要做的科研合作。为此,他跟两位学生签订了一个共同研究病原体的合作协议。他提供病人的血清和痰样。考虑到内地只有卫生部才有权发布有关病原体的通告,他在协议里特地写上了一条:如若任何一方发现病原体,必须双方认定,并且征得卫生部同意才能对外发布。

知道把他叫回来与香港的事情有关,钟南山反倒坦然了,他详细说明了情况,又叫人把协议拿过来,交给领导过目。

在他们严厉的质问下,钟南山感受到了对方的不善。他像罪犯一样,甚至感觉在他们眼里瘟疫还没有自己可怕。

气氛似乎缓和下来了。但明天香港要公布结果,该怎么应对?

议论了一会儿,一时想不出好的办法。时间已到深夜1点30分。钟南山提出,他连夜赶去香港。

他家也不回了,叫上广州呼吸疾病研究所的专家黎毅敏,两个人坐上挂了粤港两地车牌的小车就出发了。

六

他们俩经深圳罗湖桥过境,在橘黄色街灯照射下的空旷道路上,车向着九龙的方向开。海的腥咸味淡淡地飘浮在空气里。高楼越来越密集,街上零星的车都开得很快。这个国际化繁忙的大都市沉入了梦乡。钟南山一个晚上,就跑过了上海、广州、深圳和香港四个大都市,他感觉心身疲惫。

到香港大学时天才蒙蒙亮。黎毅敏教授要他用手机跟学生联系,钟南山觉得他们还在睡梦中,不妨再等一等。他还担心太早联系，会吓着别人。漏夜赶来香港，要多大的事情才会这样做啊。要是知道了问题的严重性，学生们不敢来见他就更麻烦了。

一直等到快上班了，钟南山打通了管轶的电话。听到老师的电话，管轶既意外又高兴，忙问老师身体怎么样。他知道老师忙，非常时期要他多多保重。

聊了一会儿，钟南山告诉他自己来了香港。管轶很兴奋，问他在哪里，他要去接老师。

钟南山说，他就在楼下。

管轶有些惊讶，问他什么时候到的。钟南山犹豫了一下，如实告诉了他。

管轶听老师说在车上等了他两个小时，很是心疼。他马上要下楼。埋怨老师不早打电话。钟南山告诉管轶，自己就在他的宿舍楼下了，还要管轶把郑伯健也叫过来，他有事找他们两个。

三人见面，学生要请老师去吃早餐。钟南山说："先别忙吃早餐，我先问你们一个事，你们是不是今天要公布病原体的信息？"

管轶很疑惑，问："老师从哪里听到的消息？我们还没有发现病原体是什么，更没有证实。就算证实了，我们不是有协议吗？协议写得很清楚啊。"

钟南山一直盯着管轶的脸，眼睛都不敢眨。在管轶的记忆里,老师从来没有这么严肃过。

他加重了语气说:"我能骗老师吗?要公布信息的话,我肯定要经过您同意啊!我们还要通过卫生部认可。这个基本觉悟我还是有的!"

钟南山长舒了一口气,他的心总算是放下来了。脸上立刻有了笑意,说:"一起去吃饭吧。"

刚走了几步,他又停下来了,对管轶说:"你们两个能不能跟我去一趟广州?现在就走。"

管轶和郑伯健猜测可能发生了什么事情,既然老师要求去那就去呗。他们马上向单位请假。早餐也顾不上吃了,就跟着钟南山往广州赶。

七

管轶是江西人,在宁都县梅江镇出生。高考恢复的第二年,他考入了江西医学院。而立之年再考入香港大学,攻读博士学位。毕业后就在香港大学和美国合办的世界卫生组织(WHO)动物流感研究中心工作。

管轶出身儿科，弃医改攻基础科研，从事禽流感研究，这是他个人兴趣所在；其次，他认为当医生医治的病人数量始终有限，当微生物学家，一旦找到病毒元凶，便可以堵截病毒的传播，救回千万人的生命。

1997年香港发生首宗人感染禽流感个案，那时他在美国田纳西州孟菲斯市的圣裘德儿童研究医院，跟随世界著名流感研究专家Robert Webster攻读博士后，于是，他开始重点研究禽流感病毒。学成回国后，进入香港大学从事动物流感研究。

2003年这一次，管轶随老师去广州，回香港一个多月后就分离出了"非典"病毒。10月，又在果子狸身上找到了"非典"病毒。年底在香港和广州同时向全世界宣布，在果子狸身上发现了"非典"病毒。

"非典"过后的2004年春天，广州又出现了4例"非典"病人，发病时间与一年前"非典"出现的时间几乎相同。管轶从果子狸和人身上分离出冠状病毒，4例都高度同源。由钟南山通报省长后，广东立刻宰杀了野生动物市场所有的果子狸，有效遏制了疫情扩散。

"非典"期间，管轶和钟南山、郑伯健、闻玉梅在广州第一军医大学进行"灭活SARS病毒免疫预防滴鼻剂"的攻关研究。20

天后，滴鼻剂成功研制出来，供前线的医护人员使用，有效阻断了病毒入侵人体。

管轶和他的团队成功采集了10多万只鸟的样本，从样本中排出了250多个H5N1禽流感病毒的基因序列，基本摸清了中国禽流感起源、发生、变化的规律。他们的实验室成为WHO在全球的八个参比实验室之一，已鉴定出世界上所有的20多种H5N1禽流感变异型。还为印度尼西亚分离出人感染禽流感病毒。2004年1月、2005年9月、2005年11月他三次成为美国《时代》周刊报道的人物。2005年管轶被美国《时代》周刊评选为全世界十八名医疗英雄之一。

2020年这一次武汉出现不明原因肺炎也引起了管轶的高度关注。报道说不能证明人传人。1月20日晚，他听到了钟南山在央视公布新冠肺炎人传人时，他再也坐不住了。第二天，天还没有亮，他就从香港赶往武汉，上午就出现在武汉街头了。他希望像当年在广东调查"非典"病原体一样，找到元凶，帮助武汉遏制它的肆虐。

然而，他的一腔热情却受到了冷遇，甚至是防范，他吃了很多闭门羹，愿意与他合作的科研机构极少。有人甚至给他的武汉之行定性——为了自己的学术成果而来，想要窃取科研资源。说他达不到目的灰溜溜地回去了。民间对他有诸多非议。他自己的感觉是：这里似乎不欢迎防疫专家，不需要科学家。他深深失望了。

老师遭遇的误解，要等到17年后他才粗浅地尝到一点滋味。

他去华南海鲜批发市场，那里已被封，地面被清洗，无人保存好野生动物样本，连监控录像都没有。"现场"没了。他无法寻找样本进行化验研究。

他不明白这是一种侥幸心理，还是其他什么。找不到根源又怎么对症研发解药呢？他发现，新冠肺炎的特征跟"非典"很相似，甚至更危险，没有感冒发烧症状的人也会传播！第一波传播早已经开始了。这是一场战争啊！他冒着被感染的危险来到武汉，采集不到任何动物样本，只能无功而返。

在武汉停留的两个晚上，他看到武汉人在钟南山宣布新冠肺炎人传人后仍然波澜不惊，生活仍像吃热干面一样，有滋有味，没戴口罩的人到处走动，菜市场、超市都是密密麻麻购置年货的人，很多人正准备出外旅游度假。春节团拜会也在照常进行。市民就像还没有睡醒一样！一直到1月22日，武汉才发布通告，决定在全市公共场所实施佩戴口罩的控制措施。还有人在宣扬年轻人和儿童不易被感染。

1月22日，管轶过武汉机场安检，看到负责安检的女孩只戴了最简易的一次性口罩。一问才知道是她自己要戴的，机场担心影响形象还不让她戴。

这里已是疫区!这样的场面让他想到一个情景:眼看就要受到原子弹攻击了,人们却还在搞派对,没有任何战争动员和准备。他想呐喊,想马上采取大规模隔离措施,甚至封城,但他无权这样做!他深深感到一个专家的无奈。

他得马上撤离武汉。他的几句自嘲即刻引来网上的讽刺与攻击。

他走的第二天,2020年1月23日,中央以雷霆不及掩耳之势封城了。封城当天凌晨,管轶提醒大家:要注意眼睛防护,要防止粪口传播,要注意气溶胶传播,提醒儿童与年轻人同样容易感染。

八

一路疾行,中午12点,钟南山、管轶、郑伯健一行人从香港赶到了广州的宾馆,钟南山让两个学生亲口说明情况。

事情处理完后,钟南山下午参加疫情防控会议,做了如何进行疫情防控的学术报告。

从不知疲倦的他,第一次感到无力,腿不像自己的,拖着走路,拖得非常吃力,如有千钧重担,与那个走路带风的自己判若两人。从不言累的他终于体会到了什么叫力不从心。他胸中翻腾的不只是委屈,耳边回响"国家、国家"的声音,不断敲击着他的神经。怎么连一个基本的信任也没有?!他一夜之间就变成了另类。

38个小时不眠不休——在上海,他从早晨7点起来,晚上10点多赶到广州,连夜又往香港赶,第二天再从香港回到广州,再开会、抢救病人,直到晚上9点。他发起了高烧,接着开始咳嗽,马上拍X光片,左肺出现炎症。

他想家了,特别特别想回家,从没有这么想念过家里的亲人。他回到广州,至今家里人还不知道他的下落,想到爱人李少芬温和慈爱的眼神,抿嘴的笑……她早早退休,一直都在呵护着他,照顾着他。他又想到从新西兰回来的小孙子,两年没有见过了,孩子都6岁了,大年三十都没有回家与小家伙过年,他多想抱抱他……

钟南山病倒了!消息传出去将是一枚震撼弹,将动摇抗疫的军心。

他是不是传染上了"非典"?如果他自己都治不好自己,谁还会相信医生?

在一阵阵晕眩中，钟南山仍然没有失去理智。他不允许有人声张出去，要求大家替他严格保密!

但是，如果他住院治疗还能保密得了吗？从治病来讲，住在自己的呼研所是最好的，不用说术有专攻的医术和医疗条件，就是这么多患难与共的战友，他们人人都会全力以赴来救治他。所有人都请求他赶紧入院。

钟南山没有吭声。他一手扶着桌子，闭上眼睛，食指和拇指掐着眉心，手上突起的青筋特别扎眼。他身子慢慢弯下去又直起来。他正在思考。平常思考他喜欢双手叉腰，从不会手扶桌子。这病不轻啊！有人来搀扶，他摆了摆手。他要强，他不想别人把自己当病人。

他不能躺在呼研所，如果连他都倒下去了，病人谁还会有信心，谁还能躺在床上安心等着医生治病啊。万一他的治疗时间长，社会影响将更大。他要找一个少有人知的地方去治病。他掐着眉心在想，找谁？去哪里最合适？

想好了，他撑起弯下的腰，让一个同事留下来，其他几个人都出去。钟南山和他商量，他要找一个战友，请他安排自己到一家医院的干部病区。他叮嘱同事一定要保密。

联系的结果，对方给他发来信息，说干部病区有个病人要做肾移植手术，香港有记者要来采访，场地紧张……很委婉地拒绝了他。钟南山想,人家也不容易,他这个病如果是"非典",对方害怕被传染也是可以理解的。

钟南山晕眩得厉害,神思越来越恍惚。坐下来后,他连站起来的力气都没有了。他这时唯有依靠家人了。找到儿子钟惟德的电话,他对儿子说:"惟德,爸爸病了,陪我回去。我要在家治病。"

九

父子俩回家了。妻子像平常一样走到了他的身边,柔和的眼光看着他,像什么也不曾发生。在短短的对视中,钟南山感受到了她无限的怜惜。她特有的温婉犹如一道闪电,把他一生的记忆点亮。

几十年的风风雨雨,多少人生的酸甜苦辣,他们一路相随相伴,走过了花甲之年,内心如若初见一般,钟南山感受到了岁月深处的那份温馨。

保姆收拾好房间了,铺好了床位。她有些紧张,不知该如何做才好。

妻子给钟南山脱了衣服,让他先去洗澡。她把他身上脱下的衣服全都换了,又把钟南山带回来的药放好,然后去了厨房。

护士来家里打吊针的时候,找不到地方挂吊瓶。钟南山让惟德找了一颗长钉,钉在木门左上角。吊瓶挂上去刚好。钟南山把家当临时医院,这一次他要自己给自己治病。

他身子一挨床,脑袋一黑,天旋地转,如同倒向深渊,沉沉睡去。

这一觉不知过了多长时间,多少年他没有这么安心地睡过,总像陀螺一样在转。只有疾病把他击倒了他才能放下一切,进入黑甜之乡。然而,他的脸还绷着,他心里还有事情没能放下。

李少芬望着他憔悴的脸,坐在一旁落泪。她太心痛了!从不生病的他,"非典"来后,已经两次病倒了。一个多月前因过度劳累,他感冒发烧,全身乏力,是单位同事把他强制送回的。他休息了不到两天,又强撑着回到了医院。

他总是忙碌,过了花甲之年依然很少在家。回到家说得最多的话就是累。李少芬并非没有怨气,两个人为此多次争吵,她不奢求夫妻双双一起出游,哪怕他能陪伴一下自己,她也满足了。但是,吵过之后又怎么样呢,他依然还是忙。

李少芬也是有性格的人,她泼辣,遇事敢作敢为,但为人又内敛，温文尔雅。她不喜浮华，不喜抛头露面，只想要安宁平静的家庭生活。丈夫出名后，很多记者希望采访她，李少芬从来都是拒绝的。她不喜欢跟记者打交道，更不愿意因为丈夫的原因接受采访。

钟南山对她满怀歉意，他并非不知道妻子需要陪伴，他也挂念着她。李少芬的身体是他最关心的，每次体检，他都要认真研究她的体检报告。但是，病人性命堪忧之际，他如果在家不管，他的心无法安宁。

李少芬并非不理解钟南山，没人比她更了解他。她只是一时情绪冲动，克制不了。慢慢地，习惯了，后来她只要他平安回家就好。

他们俩的缘分仿佛是上天注定的。钟南山的姨婆和李少芬的姑婆，她们终身未嫁，从年轻直到晚年都生活在一起。一个是医生，一个是钢琴师。李少芬被国家篮球队招收后，经常来看望姑婆。钟南山考上北京医学院，也来看望当医生的姨婆。李少芬是广东花都人，两人都来自广东，两个人都痴迷体育，他乡遇知己，只能说良缘天赐。

很快他们就走得很近了，情投意合，开始互诉衷肠。别人恋爱总是花前月下，他俩恋爱却经常约在球场。钟南山绕足球场跑步，她陪着他跑，累了她就看着表给他掐时间。

大三的时候，钟南山参加北京市高校运动会，摘取了400米跑的桂冠。他被北京体委看中，抽调到北京市集训队训练，准备参加第一届全运会。选拔赛开始了，他却没被选上。本来满怀信心的他，却兜头一盆凉水，以他不服输的性格，他怎么能咽得下这口气。这算是他人生的第一个挫折吧。

李少芬安慰他，鼓励他，相信他一定能行！钟南山决心向自己挑战。两个人一起寻找失败的原因，特别是找到如何取胜的方法，那就是发挥好钟南山的爆发力。

结果他赢得了最后的选拔赛。1959年9月，在首届全运会上，钟南山以54.4秒的成绩打破了400米栏的全国纪录！1961年，他还获得了北京市十项全能亚军。

李少芬是国家篮球队运动员，钟南山也喜欢打篮球。她爱说篮球队的事，说比赛的体会，他什么都爱听，两个人有说不完的话。打篮球让他们肢体配合越来越默契，无须任何语言。

他们互相监督，互相鼓励，强化训练。两个人一起流下的汗水不知有多少。汗水就是他们轰轰烈烈的热恋。

花前柳下，浪漫的时候钟南山也会在寂静的晚上或是公园僻静的一角，演奏黑管。苏联歌曲《喀秋莎》《莫斯科郊外的晚上》《三套车》是他们共同的喜爱。两个人谈论文学，谈得最多的也是苏联作家的作品。钟南山主修俄语，了解苏联的历史文

1958年，大学三年级的钟南山参加北京市高校运动会，获400米跑冠军

化。李少芬到了苏联,接受苏联篮球专家的培训,有关苏联的情况她喜欢问他,两人总有聊不完的话题。他风趣幽默,还经常带她参加学校的舞会,兴奋时他引吭高歌。李少芬喜欢钟南山身上的那股活力和倔劲。

李少芬由养母带大,其亲生母亲在上海生活。兄弟姐妹中,李少芬年龄最小,她一出生就过继给了养母。养母一直没有结婚,和另外一个亲属——两个老姑婆相互陪伴了一生。李少芬小时候爱弹琴、打球。15岁时,被中央体育学院选中,录取去了国家队。养母当时想了很久,不太想让她去,后来想到不去没有前途,就答应她了。

他们都是事业型的人,李少芬担心结婚影响她运动员的生涯,钟南山上进心极强,他们苦恋了8年才结婚。新房是国家体委一间10平方米的房间,里面摆设十分简陋,但两个人过日子,有个自己的小天地就非常甜蜜了。

从一开始,他们就是聚少离多。李少芬集训和出国比赛把时间排满了。为了洗刷"东亚病夫"的耻辱,每个人都得奋发图强。结婚不久,钟南山就下乡去了山东的乳山,他回北京,李少芬调回了广东,从此,夫妻分居了6年。一年难得有一次相聚的机会,他们深深体会到了牛郎织女的苦与甜。

到了不惑之年,钟南山又去英国留学了。在英国两年时间里，两人只有书信联系，偶尔碰到药厂代理，钟南山请他们帮忙打一个电话回家。

但是，那时的忙碌要是比起现在，就是小巫见大巫了。现在的钟南山忙得说话的时间都没有。但他一直坚持锻炼身体，哪怕临睡前有10分钟空闲时间，他也要在跑步机上跑一跑。这时候两个人就有了说话的机会，钟南山会一边跑步一边说说话。

十

钟南山病倒在家，李少芬当起了守门神，不管什么事她都不准钟南山出门了。除了钟南山的领导，也不让别人来看他，只有护士每天来打针。所有电话也不让他接了，有领导打来电话问钟南山去了哪里，她推说出差了。她亲自下厨，煲了粥和汤，做一些容易消化的菜肴，端给他吃。

儿子也回来了，陪在爸爸身边。他子承父业，成了著名泌尿外科专家，国家级"百千万人才"。他在广州市第一人民医院任教授，带博士。他热爱体育，特别爱打篮球。像钟南山敬佩父亲一样,他也非常崇敬自己的父亲。

在夫人的精心照料下,钟南山两天后就退了烧。再复查胸片,肺部阴影也消失了。他露出了笑脸。他的判断是对的,自己感染"非典"的可能性小,"非典"病人呼吸很困难,而他症状不明显。在给自己开药时,打吊针他选了普通的抗生素。那时,治疗"非典"病人已经显示大剂量的抗生素没有疗效。通过自身的治疗,再一次证明"非典"不是普通的肺炎。传统治疗必须放弃。

钟南山病倒是劳累加上强烈刺激,单单其中一项因素,以他强壮的身体,是能扛过去的。一个人精神支柱垮了是可怕的,最终身体也会垮下来。

三天后,钟南山觉得必须去医院了。多少人生死不明,疫情正四处蔓延,情况越来越严重,他一天都不能耽搁了。

他拖着虚弱不堪的身子来到了办公室。打开门锁他都感觉有些吃力。他来到病房,装作若无其事,就像平日出差回来一样,迈动着"有力"的步伐。遇见了同事,他理一理头发,笑着跟他们一一打招呼。几个知情人看到他,不敢相信,有人轻轻说:"所长上班来了!"

有的同事不知道钟南山得了肺炎,只知道他身体有些不舒服,太劳累了,需要休息几天。没想到他瘦了整整一圈,头发猛然间白了很多,憔悴得让人心疼。

钟南山也不知道自己瘦了一圈，不知道自己憔悴了。他脸上表现得十分刚毅，不自然地抿起嘴唇，嘴角弯成了一道曲线。谁都看得出来，他身体还没有痊愈。几个细心的同事看到钟南山手上的诊断单、化验单和病历不时往下掉，他的手微微发抖，自己竟然毫无觉察。有人看着就忍不住掉泪了，别过脸去，还不能让他看到。不知情者心里在问，他的身体怎么啦？！虚弱到这个程度了！这怎么能工作啊！他还要到"非典"重症隔离监护室去？

钟南山虽然随和温润，但他不容置疑的话，别人也不敢随便反问。他说进ICU病房，劝也没有用。

口罩、帽子、防护服、护目镜、手套……他们一边帮他往身上穿，一边暗自担心，担心他随时倒下来。

钟南山穿上防护服，跟别的医生混在一起，病人也能认出他来。患者熟悉自己生命的保护神，从他的一举一动就能感觉到是钟南山来了。这是人求生本能之一种吧。

一位姓梁的病人说："我知道，那是他，他们都穿白大褂，捂得这么严，我意识不是很清醒，但我还是认得出钟院士，这个就叫心灵感应吧。有他在我面前，我的心就踏实了。"

梁先生是重症病人，昏迷了五天。急救时，他非常狂躁，出现了幻觉，觉得有人在害他。他把身上的针管全都拔掉了，大喊大叫，谁都压不住他。

钟南山过来了,他并没有用太大的力气,就把他压住了,病人一下子就安静了。钟南山见他意识并没有完全丧失,就问他:"你知道我是谁吗?"对方说:"我知道,你是钟院士。"

钟南山说:"那好,你知道我是谁,那你就要躺下来。"

梁先生平静了,开始接受打针。

十一

钟南山一边与病魔战斗,抢救病人,一边陷入了一场让他痛不欲生的信任危机。他感觉自己背后有什么行动正在悄悄酝酿着。他不理解,为什么他走到了一些人的对立面了?很多人开始疏远他。钟南山的手机上出现了这样的短信:"钟院士,我们是站在你这一边的。"

从大众的角度来看,钟南山突然从公众视野消失了,那些想听钟南山答疑解惑的人有些纳闷,怎么不见钟南山出面了?媒体对疫情的报道也少了很多,有的报道在说疫情不能被夸大,疫情并没有那么可怕。

从钟南山自身的感受来看,他有一种难言的落寞。他寡言少语了,一种无形的压力向他压下来,这压力对他而言比疫情更大。抗击"非典"他有团队和战友,但这飘在空中的无形压力,却只有他一个人孤独地面对,他甚至都无法言说。"非典"对他是个难题,而这个却是精神上弥漫着的压抑与恓惶。但是,钟南山有自己的病人,他和他的病人在一起跟病魔战斗,病人在这场抗击"非典"疫情中就成了他最大的力量源泉,压力也就在忙碌中开始淡化。

在那个微妙的时期,对"非典"的报道变得十分谨慎。记者不准采访钟南山。一家南方大报在周会上传达对钟南山的报道问题时,几乎把他定性到了敌我矛盾,说他有个人目的,想利用这个机会为个人捞取名利,是一个名利之徒,哗众取宠……关于他的报道一律不得见报。有一家大报报道了钟南山的事迹,被要求做出深刻检讨。他与香港的交流被视作泄露国家机密。甚至有关部门也出动了,对他进行调查……

2003年4月初,世界卫生组织的官员伊文斯博士一行来到了广东,他们点名要见钟南山。伊文斯有两个怀疑:一是广东是不是隐瞒了病人数量没有上报;二是广东是不是死了很多人。广东省卫生厅把钟南山叫了过去。

钟南山刚为香港医学界做过一场"非典"的报告,伊文斯在场。伊文斯听了钟南山的报告，他没有想到，中国广东有这么好的医生，钟南山对"非典"的研究非常深入，从怎样预防、诊断、治疗等展开阐述，思路都特别清晰。伊文斯对钟南山留下了极好的印象。疑惑的是，这些经验为什么不尽早向世界发布？

伊文斯到了北京后，讲到自己的广东之行，夸奖广东工作做得好，特别赞扬钟南山所做出的贡献。于是，北京方面通知钟南山入京参加世界卫生组织的会议。

钟南山自知北京之行对他又是一场严峻考验，他为此深感不安。"非典"疫情这么严重了，他要讲事先拟好的冠冕堂皇的话，不能讲自己真实掌握的情况，这对他是一种难以忍受的折磨。

十二

2003年清明节，尽管忙，钟南山还是决定和家人飞到厦门，一起去为父母扫墓。遵照父亲的遗嘱，他把父亲的骨灰撒到了鼓浪屿的大海上。父亲是他的骄傲，钟南山对他满心的恭敬和孝顺。清明祭扫在钟家是每年必做之事。今年他去厦门，主要是为了跟父亲说说话，他实在无路可走了，有一种快要窒息的感觉。

父亲是他最尊敬的人，一生说实话，做实事，充满正义和良知。父亲是个孤儿，被厦门鼓浪屿的一户钟姓人家抱养，取名钟世藩。钟世藩从小立志，从厦门同文书院考入北京协和医学院。经过8年专业深造，钟世藩博士毕业后留校当了助教。在协和医学院遇到了同样来自厦门鼓浪屿的同学廖月琴。廖月琴在协和医学院学习护理专业。他们身在异乡，同是鼓浪屿人，很快就相互仰慕，彼此萌生爱意。

钟世藩赴美国辛辛那提大学医学院学习病毒学，两年后取得医学博士学位，他毅然选择回国，出任南京中央医院儿科主任。廖月琴也被派到美国波士顿学习高级护理。后来，她参与创办了广东省肿瘤医院。两人结婚后，生下的第一个孩子就是钟南山。

钟世藩对病人尽心尽责，下了班，在家里看书也常有病人找上门来，请他去看病。他们大都是急急而来，钟世藩放下手中的事也是匆匆而去，风雨无阻。登门求医的什么人都有，无论贫富贵贱他一视同仁。找上门来的大都是急病，尽管这些都是分外之事，钟世藩却从不敢耽搁。平时他坚持大查房，认认真真书写每一份病历，他的病历不是当医生的也能看懂。他能少用药就少用药，能用便宜药就不用贵的药。

20世纪50年代，钟世藩在广州创办中山医学院儿科病毒实验室,这是全国最早创办的临床病毒实验室之一。他依托实验室从事病毒研究和研究生培养,成为那时中国医学界赫赫有名的"八大金刚"。

钟世藩对医学的爱,对病人的关心,都是发自内心的,所以一辈子他都那么认真,那么投入。钟世藩70多岁时,为了把自己几十年来宝贵的临床经验分享给后人,决定写一本书。那时他的眼睛出了问题,视力减退,只有靠放大镜才能看书写书,最后放大镜也不管用了,他得了白内障,只有请人帮他来看。

他每天去图书馆,查资料、写作,那时图书馆无人来阅览,经常只有他一个人,钟世藩捂着一只眼,艰难地写着《儿科疾病鉴别诊断》,4年时间写下了40万字。《儿科疾病鉴别诊断》出版后十分畅销。他把一半稿费给了帮他抄书的医生,把自己的一半再分一半给了帮他查阅资料的人,余下的稿费全部买了书送人。他对人好,是一心希望别人都能过得好。

这些品性几乎也是钟南山的写照。钟南山不只是子承父业,连行医与为人处世都一模一样。看到父亲当医生,既能救死扶伤,又受人尊敬,钟南山从小立下了当医生的志愿。

"文革"时,钟南山和父亲在农村,有个孩子得了肾病,一直尿血。当地医生诊断他是肾结核。钟南山懂得不少肾病知识,想在父亲面前表现一下,就头头是道地说起肾结核该怎么怎么治。父亲问他，你怎么知道他就是肾结核？尿血的情况多种多样，肾结核只是其中的一种，你怎么能肯定尿血就是肾结核？说话一定要有根据。

"说话一定要有根据"这句话让钟南山震动，一生都不曾忘记。从此之后，他处理问题的思维和方法都改变了。每一个观点他都要求有理有据，不能随意去发挥。科学不能想当然。年龄越大，他对这句话的理解就越深刻，对讲话要有根据的重要性就体会得越深。

面对权威说"非典"的病原体是衣原体，他就在问他们的根据是什么？如果根据是从尸检发现而来，那么他们有没有看过病人？医治过病人？按衣原体感染去医治病人，就要用抗生素，而抗生素根本医治无效！所以说病原体是衣原体，就是没有根据的说法，就一定是错的！

父亲说话不多，说话从来都讲证据。而对说谎话父亲更加是不能容许。

钟南山读小学三年级的时候，调皮、贪玩，为了玩耍还逃课。家里给他的伙食费他没有交到学校，自己买东西吃就花掉了。有一次，母亲问他交没有交伙食费，他撒谎说交了。母亲是个认真的人，她感觉苗头有些不对，就去学校核实。

父亲知道这件事后，一向严厉的他并没有骂钟南山，只是说：南山，你自己想一想，像这样的事应该怎么办？钟南山敬畏父亲，以为会挨骂。想不到父亲只是轻轻说了这么一句话。但就是这一句话，让钟南山一个晚上都睡不着，一种羞耻感深深折磨着他。他发誓，从此之后再不说谎话了，要讲实话。

十三

钟南山跪在父亲墓前，立誓一生再也不说谎的他，面对着不能实话实说的局面，心里慌乱，情绪低落。明知道父亲再也不可能教导他了，但在父亲墓前，他还是忍不住大喊一声"爸爸——"，然后对父亲说出自己的心事。在钟南山心中，父亲一直是活着的。他想跟他交流，直接就对着空中喊一声"爸爸"，然后开始跟父亲说话。他感觉父亲的灵魂一直就在自己的身边，在天地之间。

父亲曾被世界卫生组织聘为医学顾问，面对世界卫生组织的官员他也要隐瞒实情吗？甚至说假话？为了自己说一次假话，他就能过关了，获得心理上的平静吗？不会，只要说了一次假话，就会一直说下去，再也说不了真话，到那时不只是内心无法平静，而且会有强烈的罪恶感，他将对不起那些在死亡线上挣扎的病人，特别是感染"非典"倒下的同行，他对不起他们！但说出真实的情况，后果不可预料。他希望父亲冥冥之中给他一些暗示，他该如何做！

钟南山又想起了父亲最艰难的时期，他"文革"中挨批斗，被开除中共党籍，下放到盥洗室洗奶瓶，母亲含冤自杀。在这样的境遇下，父亲仍教导钟南山做人做事都要诚实，要鲜明地亮出自己的观点，要把自己内心最真实的感受说出来。父亲的书《儿科疾病鉴别诊断》出版时，出版社要求在序言里加上毛主席语录，父亲坚持说，这是医学著作。

父亲就是一面镜子，用他来照一照自己就不会犯迷糊。

李少芬站在丈夫的身后，知道他此刻经受着煎熬，只是默默掉泪。

一场春雨下了起来，雨不大却十分密集，远处鼓浪屿的山和海变得迷离恍惚，冰凉的雨水落到了脸上、手上，衣服顷刻就软塌塌的，贴在皮肤上。

人生中遇上疫情已是不幸，还要遭受如此的精神磨难，钟南山的困顿和痛苦又有几人能够体会？

社会流行假话、套话、大话、空话，这已成见惯不怪的风气。在这种风气熏染之下，人们喜欢报喜不报忧，也难得有几句真话。在这样的社会氛围里，很难看到真相。但是，偏偏来了一场"非典"，必须要有人讲真话。讲假话的代价，国家和人民都承受不起。

这个讲真话的人也许就是上帝的安排，也许是道义和历史在选择一副铁肩，这个人就是钟南山。他人生的信念和职业的操守，他的人格和良知，他的血液，还有父亲的谆谆教诲都不允许他背叛自己的良心。

"非典"成就钟南山的主要不是医术，而是铁肩担道义，虽千万人吾往矣！历史把这样的使命和考验摆到了钟南山的面前。

钟南山不是不明白讲假话的好处，但他更知道讲真话的可贵之处。讲真话不在于它的对与错，而在于它是心里话。任何群体、任何单位、任何家庭，能讲真话的地方，一定是和谐的。他也不是不知道稳定的重要性，但隐瞒一定会导致不稳定，公开真相才是有利于稳定的。稳定是最后的结果，而不是一味地维护现状。

他从香港民众对"非典"疫情的不知情现状中看到了危机。广东疫情这么严重，与粤毗邻的香港却依然不甚了解。一直到3月份香港出现疫情了，他们对广州的情况才有所了解。那时广东抗击"非典"已经白热化了。

钟南山3月下旬见到了香港特别行政区的卫生官员陈冯富

钟南山在84岁再次接受了历史和命运的考验。2020年3月13日,结束会诊后,护士们给钟南山唱起《感恩的心》,并送上鲜花,钟南山露出久违的笑容

珍,她向钟南山了解广东疫情和对策。香港民众正责难于她,激烈批评卫生署延迟了疫情消息的发布,特别是香港"非典"疫情暴发,市民电话咨询,了解如何防治、如何救助,因为缺乏对疫情的认识,答复不能令他们满意,对疫情的严重程度也解释不到位。

陈冯富珍早就对广东进入社区传播的"非典"十分担心,她用尽了所有办法收集疫情消息,但难以了解到广东真实的情况。当时广东的当事人不知道上级的口径,处于不敢"乱讲"的状态,甚至把疫情当成了国家机密。陈冯富珍说她自己做事已经尽心尽力,问心无愧。

这就是不说实话造成的严重后果。

十四

清明节前,钟南山听到了权威者发布的消息。3月26日,北京市卫生局新闻发言人对外宣布,北京输入性非典型肺炎得到有效控制,病源没有向社会扩散,本地没有发现原发病例。

4月2日,央视《焦点访谈》节目上,时任卫生部部长的张文康称北京SARS患者只有12人，死亡3人。第二天，他出席新闻发布会，多次表示："中国局部地区的非典型肺炎疫情已经得到有效控制。""在中国工作、生活、旅游都是安全的。"

相反，3月6日有人在网上公布了北京"非典"病例，被斥为谣言。

疫情现在越来越严重了！这是一个弥天大谎！

说法如此违背真相，钟南山无法接受，更无法了解这些人的逻辑。

钟南山清楚这样做的恶果将使疫情失去控制。传染病是要求人人都参与的全民抗击，没有真相，就没有参与。这不同以往任何事情，而是事关生命，人民将付出不可想象的生命代价。

北京紧张的气氛达到了高峰。市民因为不知道疫情到底有多严重而越发惊恐。政府官员越发忧心疫情影响社会的稳定，越发不敢公开疫情的真相。这进入了一个死结。

钟南山在接受外媒专访时说到李文亮医生，感同身受，这个年轻的医生献出了自己的生命，他无法控制自己的情绪，字字带泪。

钟南山说："我认为大多数人都认为他是中国的英雄。我也觉得他是，我为他感到非常骄傲。他在12月底把真相告诉了人们。然后他去世了。

"在第二天,在武汉和其他一些城市,人们举行了一个简短的悼念仪式,举起手机打开灯,亮上几分钟。然后重新回到工作岗位。人民钦佩他,认为李医生是英雄,包括我在内。这是位中国医生。我觉得实际上大多数中国医生也像他一样。

"大多数医生都想说出真相。一个李医生,还有如此之多的李医生们会做同样的事。"

李文亮是武汉市中心医院眼科的一名医生。在他工作的医院,2019年12月16日,接诊了第一例新冠肺炎患者,12月27日接诊了第二例,共有7位华南海鲜批发市场的人,到中心医院接受救治,之后被隔离。他看到了一份病人的检测报告,显示检出SARS冠状病毒高置信度阳性指标,他们感染了SARS冠状病毒。

2019年12月30日下午,李文亮在他的大学的同学群——武汉大学临床04级微信群,他从17时43分至18时42分相继发出:"华南水果海鲜市场确诊了7例SARS""在我们医院后湖院区急诊科隔离""最新消息是,冠状病毒感染确定了,正在进行病毒分型""大家不要外传,让家人亲人注意防范",最后还发了冠状病毒的来历,其间发了一张"临床病原体筛选结果"的图片,红笔圈出部分出现"SARS冠状病毒"字样。

当时,除了武汉大学临床04级群,还有协和红会神内、肿瘤中心3个医学交流群发布了相关的消息。

12月31日凌晨1点多，李文亮去武汉市卫健委参加应对疫情的会议。上班后，李文亮被医院领导反复询问是否认识到"造谣的错误"，并被要求书写一份"不实消息外传"的反思与自我批评。

2020年1月1日，武汉警方发布通告：一些网民在不经核实的情况下，在网络上发布、转发不实信息，造成不良社会影响。公安机关经调查核实，已传唤8名违法人员，并依法进行了处理。这8人中，包括李文亮。

2020年1月3日，李文亮在同事陪同下，来到了武汉市公安局武昌分局中南路街中南路派出所。在派出所他接受了负责内勤的民警胡桂芳和一位辅警约一个小时的谈话。中南路派出所让李文亮写下了"发表有关华南水果海鲜市场确诊7例SARS的不属实的言论"的训诫书。

他在被训诫人处签名、按指印。

2020年1月6日，李文亮收治了一位82岁的女性眼科患者，该患者1月7日发热，后确诊感染新冠病毒，于1月23日病逝。1月10日，李文亮开始发热，在武汉市中心医院发热门诊就诊，开始出现咳嗽症状，1月12日住院，1月14日转到了医院呼吸与重症医学科监护室接受隔离治疗。

他呼吸困难，插着氧气管，不能起床、说话，偶尔看看手机，靠打字与别人交流。

他每天晚上睡5至6个小时，白天眯一会儿，每天医院食堂来送餐，有米饭、蔬菜、肉，大小便都在床上。每天和家人开视频看看彼此，通过文字聊几句。他的父母也感染了新冠肺炎，同时在武汉的医院接受治疗。

李文亮的微信留下一个对话截屏——

李文亮："疫情不会那么快结束。"

朋友："所以，您出来之后有什么打算？"

李文亮："身体恢复了就上班。""我报了名上一线。"

朋友："不怕吗？"

李文亮："职责。"

他表示："现在疫情还在扩散，不想当逃兵。""大家都不去，怎么办？"

2020年1月23日，新冠肺炎感染者剧增，疫情火山似的爆发，武汉紧急封城。

2020年1月23日凌晨3时30分，李文亮转至重症监护室。

2020年1月28日，最高人民法院微信公众号发布文章称："尽管新型肺炎并不是SARS，但信息发布者发布的内容，并非完全捏造，但如果社会公众听信了这个'谣言'，并基于对SARS的恐慌而采取了佩戴口罩、严格消毒、避免再去野生动物市场等措施，这对我们今天更好地防控新型肺炎，可能是一件幸事。"

最高人民法院新闻传媒总社表示："试图对一切不完全符合事实的信息都进行法律打击，既无法律上的必要，更无制度上的可能，甚至会让我们对谣言的打击走向法律正义价值的反面。"

2020年1月30日，李文亮接受《新京报》记者采访时说，我认为自己不属于传谣，而是在提醒大家注意防范。"如果当时大家都重视这个事情，或许不会有今天的疫情暴发。"

2020年2月7日，武汉市中心医院官方微博发布消息："我院眼科医生李文亮，在抗击新型冠状病毒感染的肺炎疫情工作中不幸感染，经全力抢救无效，于2020年2月7日凌晨2点58分去世，对此我们深表痛惜和哀悼。"

李文亮去世，时年34岁。留下妻子和5岁的儿子，还有一个尚未出生的遗腹子。

李文亮刚去世，世界卫生组织发布消息表示哀悼。

2020年2月7日，国家监察委员会网站发布消息：经中央批准，国家监察委员会决定派出调查组赴湖北省武汉市，就群众反映的涉及李文亮医生的有关问题作全面调查。

3月19日，国家监察委员会调查组公布调查结果，认为中南路派出所出具训诫书不当，执法程序不规范，调查组已建议湖北省武汉市监察机关对此事进行监督纠正,督促公安机关撤销训诫书并追究有关人员责任。

当晚,武汉市公安局决定撤销训诫书,并就此错误向当事人家属郑重道歉。对中南路派出所副所长杨力,安排民警对李文亮训诫,适用法律错误,存在执法过错,对民警执法工作监督管理不力,工作失职,给予其行政记过处分;民警胡桂芳执法程序不规范,违规出具训诫书,给予其行政警告处分。

李文亮所在的武汉市中心医院医护人员感染情况十分突出,达68人之多,死亡情况堪称严重,除李文亮外,去世的还有两位眼科副主任梅仲明和朱和平,甲状腺乳腺外科主任江学庆,伦理委员会成员刘励,泌外科副主任胡卫峰。还有副院长王萍、胸外科副主任医师易凡两位感染者正在重症监护室抢救,他们多器官衰竭,病情危殆。

十五

2003年4月,世界卫生组织官员伊文斯一行在广州考察之后转道北京。中外记者紧跟着他们也到了北京。伊文斯对外公开讲到发现钟南山的过程，记者们早就瞄准了这位陌生的中国学者——一个正在前线抗击"非典"疫情的医生。

全球记者招待会就要开了，为慎重起见，北京先行召开了一个会议，世界卫生组织的官员全都参加了。会上，中方负责人发布了正面积极的信息，疫情已经得到了控制，医务人员的防护已经到位，病原体已经找到了……伊文斯听到这一情况，甚是欣慰。

这一正面的消息在世卫组织的人到达北京之前，就已经在国内迅速传开。北京给钟南山发来了会议通知，要求他前往北京，参加为世界卫生组织官员和中外记者召开的新闻发布会。因为这样的原因，钟南山清明节去了父母的墓地。

2003年4月10日上午10时30分，新闻发布会由国务院新闻办主持召开。

会议开始了，会场一片肃静，安静得翻动笔记本的声音都能听得十分清晰。全世界的镜头都对准了主席台。钟南山的声音在会场响起来了："作为一名医生，我觉得这次跟世卫组织的合作和交流是很愉快的。"他平静中有些亢奋，带着轻微的喉音，"我们实际上共同交流了三个方面的问题：首先是对病人的诊断和治疗问题；第二是有关流行病学的一些规律；第三，病原学的探讨。非典型肺炎到目前为止，50%以上的病人出现在广东。世卫组织对广东是怎么诊断和治疗的，特别是早期的治疗及在降低死亡率方面，都非常感兴趣。"

钟南山又讲到了他和伊文斯一行做了很好的交流。短短五天，他们之间建立了友好的关系。他说希望以后中国与世卫组织建立更加密切的联系。大家的目标是一致的，共同面对人类的疾病。

会场上，世界卫生组织一位专家当即表态："以钟南山为首的广东专家组，摸索出来的治疗经验，对全世界抗击非典型肺炎具有指导意义。"

钟南山的话音刚落，一位境外记者向钟南山提出了关于患病人数的问题。钟南山按照事先教给他的说辞作答："为什么有一些病人我们没有发现呢？因为当时有的医生不是搞这一行的，识别不出。这也是实情。"

记者不太满意他的回答，继续追问。钟南山一直按照事前统一的口径回答："作为医生，我觉得这个病可以控制，只要隔离得好就可以。现在，你们也听说了，很多地方已经蔓延得很厉害了，但是公开报告的人数却比较少，为什么呢？恐怕你们要理解，有一些病人转移到了其他科，而这些科又不是呼吸疾病的专科，所以，病人在这样的科里接受治疗，首先需要一些时间才能够确诊。"

这个说辞，跟新冠肺炎疫情来袭时他在武汉调研所听到的何其相似。

新闻发布会分两天进行。第一天总算过去了。显然，有关部门领导听了也放心了。

4月10日这一天，北京市市长孟学农在会见日本株式会社社长冈村正时说："对于1300多万人口的北京市，出现22个病例所占的比例并不大，而且已经得到有效控制，完全没有担心的必要。"

事实是，早在4月3日，中国人民解放军第309医院一天就收治了60例"非典"病人。而媒体当天公布的数字是：患者12例，死亡3例。

第二天的新闻发布会规模要小，参加人员70多人，出席的领导也少了。记者主要来自日本、中国香港和台湾地区。想不到的是，会议规模虽然小了，但记者的发问却比前一天的要凌厉得多。

会议伊始，几位记者就第一场发布会提出过的问题连续发问，他们不满意之前的回答。有记者直接向钟南山提问："那么按照你们的看法，是不是疫情已经得到了控制？"这个问题直接戳中了钟南山的痛处。记者不依不饶，像是盘问一样，越来越尖锐。钟南山再也忍不住了："什么现在已经控制？根本就没有控制！"

所有人都不敢相信自己的耳朵,先是一片静默,接着"哗——"地炸了锅。钟南山情绪激动,他开了闸就再也关不住了。坐在他旁边的人开始擦冷汗。钟南山又继续开口了,会场顿时安静了下来:"最主要的,是什么叫控制?现在病源不知道,怎么预防不清楚,怎么治疗也还没有很好的办法,特别是不知道病源!现在病情还在传染,怎么能说是控制了?"

他略微停顿了一下,加强了语气说:"我们顶多是遏制,不叫控制!"

记者们情绪陡转,纷纷争抢话筒迫不及待地提问,一位外国记者问:"中国医护人员的防护有没有到位?"

钟南山毫不犹豫,立刻回答:"没有!"

他又讲了要对病毒进行更多的研究,要加强医护人员防护,要进行更多国际的交流。

第二天,国内外的媒体都做了报道,引起轰动。

4月12日,世界卫生组织宣布将北京列为疫区。

新闻发布会上,钟南山的回答传遍中华大地,举国震惊!"非典"疫情严重的信息传到了中央。党中央、国务院明确提出要以对人民高度负责的态度,及时发现、报告和公布疫情,绝不允许缓报、漏报和瞒报。

国务院果断决定将非典型性肺炎列入中国法定的传染病依法

管理。对一些地方"信息统计、监测报告、追踪调查等方面的工作机制不健全,疫情统计存在较大疏漏,没有做到准确地上报疫情数字"的情况,中央给予了严肃批评。

4月20日,中央同时免去了北京市市长孟学农、卫生部部长张文康的职务。中国抗击"非典"的战役终于打开了新局面!

4月20日下午,国务院新闻办公室举行记者招待会,卫生部常务副部长高强通报了全国非典型肺炎防治工作情况,并回答了中外记者提出的问题。他坦言卫生部工作存在缺陷,疫情报告制度亟待完善。他说:"卫生部应对突发公共卫生事件准备不足,防疫体系比较薄弱,地方报告要求不明确,指导不得力。……有关部门信息统计、检测报告、追踪调查等方面的工作机制不健全,疫情统计存在较大疏漏,没有做到准确地上报病例数字。"

记者招待会举国关注,常务副部长高强的回答一字一句观众都听得十分仔细。

国务院决定,从4月21日开始,将原来五天公布一次疫情改为每天公布一次,和世界卫生组织的要求接轨。

4月23日,温家宝总理主持召开国务院常务会议,决定成立国务院防治非典型肺炎指挥部,由副总理吴仪任总指挥,并决定由中央财政设立20亿元的非典型肺炎防治基金。

为防治"非典",吴仪两次接见钟南山。第一次是了解"非典"疫情及防控情况，第二次是北京防治"非典"应该怎样做，听取钟南山的意见。

钟南山说话从来都是直来直去，不绕弯子。他告诉吴仪副总理，北京的医疗水平比广东强，防治"非典"却比广东做得差，主要原因是很多水平高的医生没有发挥作用。重症病人的治疗离不开他们。但北京没有大规模动员，没有把好的医生放到救治重症病人的岗位上。钟南山建议把重症病人集中到一两个地方，再集中医务水平高的医生来进行抢救。

2003年4月29日，温家宝总理到泰国出席中国—东盟领导人关于非典型肺炎问题的特别会议。钟南山随行。

钟南山的命运出现反转，不再是阴霾密布，而是碧日蓝天。他的命运就是中国抗击"非典"的命运，是无数病人的命运。

十六

钟南山的威望因为央视的一场对话，如日中天。

4月15日，中央电视台新闻节目主持人王志和《东方时空》

特别节目《面对面》节目组采访了钟南山，节目组深入重症隔离监护室（ICU）采访，把镜头对准了抢救病人的现场。抗击"非典"的真实情况震撼了全国，震撼了世界，人们被深深感动。

4月底，中国社会调查做的一项电话民意调查显示，在北京、上海、广州等地的1200位受访民众中，89%的人认为钟南山是一位英雄。

央视"感动中国2003年年度人物"评选钟南山排名第二，排在"中华飞天第一人"杨利伟之后。

给钟南山的颁奖词题目是："钟南山：以无畏感动中国"。事迹是："面对突如其来的'非典'疫情，钟南山以科学家的无畏一语定乾坤：'非典'可防可治！在疫情最严重时，他以一个医生的医德主动请缨：'把最危重的病人转到呼研所来。'这淡淡的一句，无异于平地惊雷般的'向我开炮！'。这一声之后，是他以67岁的高龄，连续38小时救治患者的身影。他说：'在我们这个岗位上，做好防治疾病的工作，就是最大的政治。'钟南山不仅医术精湛、医德高尚，他尊重科学、实事求是、敢医敢言的道德风骨和学术勇气更令人景仰。中国知识分子最宝贵的精神在他身上体现得淋漓尽致：不唯上，不信邪，敢担责任。紧要关头，他勇敢地否定了有关部门关于'典型衣原体是非典型肺炎病因'的观点，为广东卫生行政部门及时制定救治方案提供了决策论据，使广东成为全球'非典'病人治愈率最高、死亡率最低的地区之一。"

　　颁奖词说："面对突如其来的SARS疫情，他冷静、无畏，他以医者的妙手仁心挽救生命，以科学家实事求是的科学态度应对灾难。他说：'在我们这个岗位上，做好防治疾病的工作，就是最大的政治。'这掷地有声的话语，表现出他的人生准则和职业操守。他以令人景仰的学术勇气、高尚的医德和深入的科学探索给予了人们战胜疫情的力量。"

　　4月26日《面对面》节目播出，无数的观众被吸引到了电视机前，他们看到了钟南山和医护人员生死拼搏、勇战病魔的场面，知道了抗击"非典"有如此多的曲折，从病原体、国际协作、控制还是遏制，到疾病的诊断、治疗、预防……话题甚至涉及"体制""民主政治""科学发展观""医疗体制"等多方面。

　　钟南山事后也很难相信自己有那样的勇气。那可是堂吉诃德战风车！一个人要与一屋子的人说"不"。他想，是身处的环境给了他无所畏惧的勇气。他如果不站出来，后果将不堪设想。他天天面对病人，一个个病人抬进来，在生与死的面前，还有什么压力比死人更大?！

　　他并不怕讲实话，因为他有依据，因为他是大夫，正在第一

2004年，钟南山被评为"感动中国2003年年度人物"之一

线抢救病人。如果说有压力，只是来自医生的责任。天下没有比救人更大的事，在生死面前其他的事情都不重要了。

媒体因为他的直言而追踪他。他从来都是非分明，仗义执言。也因为他的直言，建立了很高的威望。但无论多么严重尖锐的问题，他都是对事不对人。他并不想由于他的话使别人受过。他想做的是冲破说假话的氛围，纠正社会风气，推动社会的文明。

钟南山有自己的原则，他随和，但遇到他认为重要的问题，他又毫不妥协。譬如诚信，他曾对某大报记者说："我说诚信、诚实永远是上策。当时我是针对领导来讲的。"后来这家大报没有刊发这篇报道。从此之后，钟南山不再信任这家报纸了，再没兴趣接受他们的采访。他对这位再次前来采访的记者说：你们既然不能刊登那样的文章，你浪费我那么长时间干吗？

4月12日，广州呼吸疾病研究所举行新闻发布会，首次公布在广东的"非典"患者身上找到的病原体是"冠状病毒"。

4月16日，世界卫生组织在日内瓦宣布，经过全球科研人员的通力合作，正式确认冠状病毒的一个变种是引起"非典"的病原体。这是全球发生"非典"疫情以来取得的最有价值的阶段性成果。

可惜的是，呼研所分离到冠状病毒的报告比较早就已经层层上交，但是，最后还是由国内某些研究机构对此做了抢先发布。对钟南山来说，本应属于广州的科研成果旁落了，但他并没有抱怨。在他看来，最重要的是广州在防治"非典"的战役中打了一场胜仗。

"非典"期间，钟南山以自己的科学精神与有效救治的战绩，赢得了世界性的声誉。他被邀请去世界各地传授经验、做讲座。他要把中国抗击"非典"的真实情况告诉世界，纠正偏见。他还把中国的医学特别是中医推荐介绍给国外同行。钟南山就像一个铁人，总是那么活力十足，他的身上似乎有着无穷无尽的力量……

当年抗击"非典"如果没有钟南山，结果可能就不会是这样。

十七

2003年5月，抗击"非典"疫情开始进入尾声。5月12日，国际护士节如期到来，这一个节日注定是个特别的护士节，是抗击"非典"取得成效的医护人员的节日，也是抗击"非典"胜利在望之日。

在国际护士节前夜，广东举办了一台长达9小时的《心手相连，共抗"非典"》的电视晚会，晚会开通了100条热线电话，150个志愿者参与记录，抗击"非典"一线的护士通过荧屏，讲述她们救死扶伤的日日夜夜、她们的忧乐，舞台有以颂扬爱与奉献的歌舞，有新闻纪录播放，有专家的解疑释惑，特别是一个个不能相聚的家庭通过可视电话见面了。

节目进行期间，打进了5.1万多个热线电话。简短的通话被一一记录，这是"非典"时期社会心理和情感真实的记录，如果把它当作一部著作，书名可用《今夜，爱心灿烂》。但5.1万个作者无法署名，他们不分年龄、不分地域、自发参与，一夜之间完成。它沉甸甸的分量超出了书面，超出了文字，成为那一时期精神的写照！

这本书主题鲜明。没有哪本书有如此深沉的情感，没有哪本书有如此朴实的语言——它没有任何修饰，全都是肺腑之言。

那一夜，爱在内心深处，像阳光，驱退了恐惧的阴影，鼓舞着信心。爱在激荡、沉淀、凝聚和呈现，就像滴水成河，它们汇聚，直到波涛汹涌；就像星星之火，直到点燃广袤的旷野。

这情景17年后，在春分细雨蒙蒙时节，湖北人民送别各省援鄂医疗队时又一次出现了，人们十里长街相送，哭声一片，有下跪谢恩的老人，有深深鞠躬的，有呼喊救命恩人的，有高举标语牌的，有手捧鲜花的……各地市都以警车开道，一路护送。人们唱起了《听我说谢谢你》。这人间大爱，这比春意更浓的情义，令人潸然落泪。

在这条信息的长河里，出现了抗美援朝、老山前线、唐山大地震、1998抗洪的英雄，他们共同的心声是：为一线的医护人员感到光荣、自豪！佛山的方先生参加过抗美援朝，他以苍老的声音一字一顿地说：现在奋战在第一线的白衣天使是我们新时代真正最可爱的人！

一群柔弱的姑娘，要直面生与死的考验，要承担起抵御一个民族突如其来的灾难的重任，她们没有一个人退缩！

在这样一个春天，姑娘们穿着白色护士装，勇敢而又平静地走向隔离病房，她们有的吻别睡梦中的婴儿，有的瞒过年迈的父母，有的告别新婚不久的丈夫，都义无反顾地远离了亲人的视线，与"非典"病人走到一起，共同抗击恶魔。有的从此与亲人永诀，献出了自己的生命！

昨天，她们可能还在嘻嘻哈哈，为一件漂亮的衣服评头论足，为不小心弄伤的皮肤而忧心；在老师眼中，她可能还是个胆小鬼，一个动物标本就吓得不敢进课堂；在妈妈面前，被疼着宠着，连重活也没干过；在丈夫面前，可能是个爱撒娇的女人。但今天，在院长面前，她们却是一个个坚强的战士；在灾难面前，她们挺直了脊梁，正面直视死亡；在病人面前，她们成了生命的守护神。"没有什么，这是我们的职责，是我们应该做的。"浅浅的一个微笑温暖了世人的心。

这个春天，中国的总理在人民大会堂会见记者时，以诗明志："苟利国家生死以，岂因祸福避趋之"，字字掷地有声！这一誓词，林则徐在中华民族面临存亡关头慷慨写就，曾激励多少志士仁人前赴后继，为国奋争。当中华民族出现危急时，广大医护人员，也在以自己的行动践行着这样的誓言！湖南岳阳周小姐写来了一首诗：

我不知道你来自何方

但你却勇敢地站在我的床旁

耀眼的白色，燃起我生的渴望。

我虽看不清你的容颜

但你一定美丽如若天仙

你的目光明媚双眼如水

你的手儿温柔话语清脆

你的身影匆忙但脚步却是那么

轻盈。

还记得精卫填海吗？

那是大海的精灵

而你是蓝天下英勇无畏的白色精灵

你的双手挽回的是一条条生命

你的爱筑起的是一道抗击"非典"的长堤！

因为你坚信——

SARS即将倒下

人类的尊严必将永远挺立！

诗，代表了人们共同的心声。

还在读小学的孩子，他们以稚嫩的声音打来了电话。一位叫李诗的小朋友说，我的同学得了"非典"，他非常害怕，但有一位护士天天陪着他，对他非常关心，他现在不害怕了。潮州8岁的小朋友念了自己的一篇日记：我看电视新闻播放关于"非典"节目，医生护士穿着厚厚的防护衣，戴着厚厚的口罩，冒着生命危险救护病人，他们累得满身大汗。他们把危险留给了自己，把安全送给了大家。我一定要向他们学习，做一个真正的男子汉。广西小学生叶柳行也发出了由衷的赞叹——护士太伟大了！长大后我也要像她们一样，做一个救死扶伤的白衣天使。

一位14岁的小学生陷入了对叶欣深深的怀念，她让人转述了一段话：叶欣姐姐，您可好？您已经不能再听一听世人的问候了，但是，我却情不自禁想起您，您留给我们的是无私的奉献和无限的施舍，上天为什么不把我变成神医，让我把沉睡中的您救醒！叶欣姐姐，您回来吧，我想念您！

白发苍苍的老人感动了！珠海妇幼保健院的黄淑英来电：我一直含着眼泪看节目，作为一名医务工作者，我深深为一线医护人员舍身忘我的精神感动。我有5个孙子、5个孙女，我的心愿是让他们长大后也当一名白衣天使，继承这份让人骄傲的工作。

海外华侨感动了！柬埔寨华侨郑华福、新加坡华侨李元祥看到祖国医护人员舍生忘死地投入工作，中国人民这样团结一心，他们语调哽咽，为自己是一个中国人而自豪！墨西哥蒂华纳华侨协会来电：白衣天使的无私奉献，让我们的心灵得到了一次洗礼与升华！留学英国的嘉先生表示：我在英国看到祖国的白衣天使在与病魔搏斗，非常感动！下个月我将回到祖国，与全国医护工作者站在一起，共同对抗病魔。

这是一个真实的故事：武汉一位姓董的电工，他的女儿小倩在广州当护士。几天前，小倩很紧张，给他打了一个电话：她刚刚帮一位病人量过体温，病人的症状有点像"非典"，她感到害怕。父亲听女儿这么一说，心里急了，对着女儿说：明天你要是不回来，就别怪老爸不理你哦！你不听话，以后也别回来了。

但是，女儿最终没有听他的，她虽然很害怕，但她还是选择了留下来。父亲后悔了，他打来热线电话，一个劲地要接线员转达，他要向广州当护士的女儿小倩道歉。他动情地说，现在想起来真不该对小倩说那些话，我非常希望她能听到我的道歉，对不起，小倩，我和你妈都尊重你的选择，希望你专心投入抗"非典"工作。

一位母亲从花都来广州看女儿，女儿潘丽丽是广东省中医院骨一科的护士，3月8日她进了重症监护室（ICU）。"非典"病魔在她身边如影相随，同一天，她的同事上午倒下一个，下午又倒下一个，最后连护士长也倒下了。一个危重病人上呼吸机时，潘丽丽一个人抓着她的手说："阿姨，没事的，会好起来的。"病人已经昏迷，她的眼角却溢出了泪水，最后还是走了。潘丽丽害怕了，母亲一直陪着她，她把实情告诉了母亲，并求她回家去，她担心自己染上后会传给母亲。母亲说，如果你有事了，我活在世上有什么意思。我不走，我要照顾你。女儿跪下了，泪流满面，她说，你这样会影响我的工作！母亲痛哭着离开了自己的女儿，在家每天都给女儿发一条短信。每次看到母亲的短信，潘丽丽都有一种想哭的感觉。有一条短信她一直保留着："伊、美在打仗，我女儿也在打仗，她不用飞机和大炮也能打胜仗，因为她是我的女儿！"母亲的关怀成了她的精神支柱。4月

9日出ICU，4月28日她又进了隔离病区。这一次，她没有告诉母亲。——这是晚会播出的一个新闻片断。

（17年后，潘丽丽接到医院打来的电话，"明天出发去湖北，有没有问题？"，潘丽丽马上回答"没问题"。尽管当时家里有事，她还是马上收拾行李，连夜赶往花都，又一次向母亲辞行。与17年前不同的是，作为护士长，她在与母亲告别前，先要与自己的一双儿女告别。她的母亲在深夜等到女儿回来了，听她说要去湖北荆州，又一次伤心地哭了……）

热线电话中，医护人员的家属打来的很多很多，他们比谁都更关注、比谁的心情都更复杂，但他们的表现比谁都更坚决——

两位上海老人给他们的女儿——一位护理部主任打来电话说：你是我们的女儿，你选择了护理，你就要做勇敢的人。护理重症病人是护士的职责，你不但要勇敢，还要认真。而他们76岁了，正是需要儿女照顾的时期。

甘肃一位先生来电（他不肯留姓名）：今天是他与正在兰州第一医院"抗非"第一线的妻子结婚一周年的纪念日，他要默默地为她祝福。

一位姓高的先生，他的女朋友在南方医院急诊科，一直奋战在抗"非典"第一线。他在电话中说，我们已经一个多月没有见

湖南江华县人民医院感染科的一位护士,2003年曾抗击"非典",2020年她穿上当年的隔离衣(非防护服)走上抗击新冠肺炎的一线

面了。在这个特别的节日,他要为她祝福。他含着泪说:"我永远爱她!"揪心的牵挂,漫长的担忧,都在这一声爱的表达中包含了。

江苏张先生的爱人是个护士长,也在抗"非典"第一线,已经15天没有回家了,他也十分地挂念她。

深圳南山区公务员张先生的太太是位护士,正在东浦区抗"非典"一线。他们结婚不到一年,因为"非典"已经分离20多天了,他担心她年纪小,希望她能好好照顾自己。

一位姓郑的先生说:我女朋友工作在抗"非典"第一线,我尊重她的决定,保证不会把这个消息告诉她的父母。希望她能早日平安归来……告诉她,我很爱她……要多多保重!

河南南阳市卫生防疫站的张云生是一名防疫战士。他的妻子与她的同伴在病房抗击"非典",不幸被感染,正在与死神搏斗。而他与同事也在日夜奋战,哪里有情况就往哪里赶。他表示:我们愿意用生命与热血换取全国人民的健康!一位母亲说,我的女儿正在卫校读书,希望她学习进步,成为你们合格的接班人。

广州市胸科医院的何小姐来电说,我感谢父母对我和姐姐的培养,是他们使我们都成为一名光荣的白衣天使。

广州的王远航在电话里感慨地说,以前一直觉得英雄很遥远，当疾病离我们这么近的时候，才发现真正的英雄就在我们身边！

一位乡村教师来电说，一位高三同学在报考志愿时填选了护士专业，她本来害怕白色的，她这样做是因为被这一职业的神圣和崇高所打动！

汕头私营企业主冯先生一直想要做点什么，于是，他想到了献血。他说，我深知医护人员现在的身心压力，我带头献血，又组织职工去献血，想表达一点我对医护人员工作的支持。

在偏僻的贵州乡村，一位乡干部不因自己远离疫区、不因家贫就缺失爱心，他动情地说，我们在偏僻的乡村也一样支持和关心抗"非典"的白衣天使。

一位农民边看边流泪，对一线抗击"非典"的医务人员，觉得无法用言语来表达自己的敬意，他说他们是中华民族的骄傲！

吴峰是叶欣护士长的家乡人，他来电说：叶欣护士长是家乡人民的骄傲。我为家乡人民培养了这样一位在抗"非典"战斗中献出宝贵生命的英雄儿女骄傲！家乡人民永远怀念她！

张先生是深圳市中心医院的营养师，抗击"非典"牺牲的救护车司机范信德是他相识的朋友，他说，范信德离我们远去了，我想通过你们问候他的妻子、中山二院营养师余大姐，望她保重身体。

广州打工的刘先生心中有很多话想说,又不知从何说起。他说,知道叶欣护士长的事迹后,感触很多,请你们转告叶欣的母亲,叶欣虽然走了,但还有千千万万的青年都是您的好儿女。

深圳的刘惠看到医护人员那样细心地照料病人,忍不住流下了眼泪。她更坚定了自己当医生的决心。

东莞的顾先生是一名保安,工资很低,但他表示要尽自己的一点力为医务人员捐款。

深圳王先生留下自己的手机号码,他很关心《护士长日记》中那个9岁的男孩,很想知道他现在的病情。他说,如果他有什么困难的话,我愿捐献财物,贡献我的一份力量。

一位观众写来了一首诗,表达他对白衣天使的无限祝福:如果一滴水代表一个祝福,我送你一个东海;如果一颗星代表一份幸福,我送你一条银河;如果一棵树代表一份思念,我送你一片森林。

伟大往往孕育于平凡,英勇在于战胜胆怯。当人们一步步走过这场灾难时,大家有了新的目光看待周围的一切。人们都在这场灾难面前有了改变。

在这场看不见硝烟的战争中,医护人员并非孤军作战。从中央到地方的各级领导、新闻媒体、部队、公安交警……各行各业都在支援着他们。奉献激发了奉献的愿望,许许多多的志愿者也涌现出来,他们要求去一线做义工。北京一家公司的总经理,就抛下自己的公司,去隔离病区当了一名清洁工。在热线中,表达这一心声的人一个接着一个——

深圳的孙向东留下自己的电话,她说,我只是一个最平凡的打工妹,但我觉得自己的身体很健康,如果有需要的话,我希望能为抗击"非典"做点贡献。在医院里搞搞卫生、送送饭,我也愿意去做,我渴望你们给我一个机会。

王先生来电:我太太是一名护士。虽然她不在第一线,如果工作需要,我会支持她奋战在抗击"非典"一线。

广州谭先生留下了自己的手机号码,说自己想为不能回家的医务人员拍一些家人的相片或录像,当天即送到医院交给医务人员。

一位姓熊的小姐留下手机号码,她说,我是一个发型师,我想为"非典"患者、医务人员剪头发,为他们设计一个漂亮的发型,让他们能过与平常人一样的生活。我不怕被传染,我愿意为他们付出!

沂蒙山区的杨龙说:我希望通过你们转达我的诚意,我愿意当志愿者,去照顾"非典"病人。盼尽快给我回复。

武汉市长江路工人新村62号的魏汉东来电:我是一名退伍老

军人，60岁，我希望钟南山院士保重身体，不仅是为他自己，而是为13亿人民。我很关注他的健康。我有一个要求，就是要求到一线义务照顾护理病人，一般地方我不去，我选择到广东病区，保护祖国的南大门，请一定满足我这个要求！

广东潮州的林汉雄：我是一名司机，如果可以，我愿无偿地为医院开救护车，作为我对抗"非典"的支持。

一位下岗职工说，我虽不懂医术，但有一颗爱心，如果有需要，不管是扫地还是清理垃圾，我将不计报酬，到祖国任何一个地方去。

深夜是多么宁静

晚风是多么凉爽

是谁呀用那温暖的双手

轻轻地抚摸他紧皱的眉头

按住了疼痛的伤口

啊，是你呀

我们亲爱的护士

值班在病房我们亲爱的护士

她有伟大的理想

盼望着英勇的战士

重新向高空飞翔……

舞台上《白衣姑娘》的歌又一次唱响，纪念南丁格尔的这一天，也是纪念全世界护士的一天。

听一听"非典"感染者、治愈者打来的电话，就明白为什么护士这一个群体被人们称为"白衣天使"，为什么说她们是"新时代的南丁格尔"——

黄小姐：我在生病时见不到亲人，是她们给予我姐姐一样的关心，我在病房犹如生活在大家庭般温暖。我感激她们！

广州的陈小姐：我是一名"非典"康复者，我衷心感谢胸科医院心理科的廖主任。他总是面带微笑地看着我们，他的笑容给我带来了很大的帮助。廖主任，请注意身体！

一位激动得忘记留名的康复者动情地说：我曾躺在床上，目睹了为抢救患者而倒下的医务人员，他们倒下一个，又换上一批。他们的付出赢来了抗"非典"的成果。我要向曾经抢救过我的医生、护士致敬！谢谢你们！

深圳东福医院的一位"非典"病人：我虽然是一名"非典"病人，但有信心，自己一定能很快康复。因为我有全国人民的关心，有白衣天使们细心的照料。

北京的张文忠：我是一名救护车司机，在前段时间的救护工作中不慎染上"非典",现在正在接受隔离治疗。我衷心地希望一线医护人员在抢救别人的同时要照顾好自己,争取早日战胜"非典",早日与家人团聚。

正在抗击"非典"一线的医护人员,无不为这爱的潮涌而感动!为突然呈现出的一切温暖的东西而感动——

广州市第二人民医院的一位护士长说:从前,我老认为自己的工作没什么,现在才发现它是这么重要,甚至有可能面对生与死。我希望全体医护人员多注意身体,更好地投入工作。

广州医学院第一附属医院呼研所一位护士来电:我在住院期间得到了众多姐妹的照顾和支持,谢谢你们!衷心感谢社会各界在抗"非典"过程中送来的礼品和保健药品。正是有了这些朋友的支持,才使我重新回到了工作岗位上。

157医院全体护士来电:我们已被隔离,看到节目,知道了外界对我们的关爱。今天是母亲节,我们想对母亲说:母亲节快乐!并祝所有患者早日康复。

广州中医院急诊室隔离病区的陈护士:见到我身边的同事这么积极地抗击"非典",我受到很大的鼓舞,相信我们一定能战胜病魔。

广州市第八人民医院林护士:在过去抗击"非典"的日子

里，我为我们医院以及所有一线的医护人员舍生忘死、临危不惧的精神感动。我祝所有医护人员身体健康，早日战胜"非典"。

北京某医院胸科医生张大夫来电：我现在身体不适，暂时休息。我的爱人还在"非典"第一线工作。等我身体稍有好转，我一定会回到第一线。

深圳龙岗的叶小姐来电：我家三姐妹都是护士，但这次没能上一线，我们感到非常遗憾。看了节目后我流泪了。

谢小姐来电：作为一位医生，我从来没有觉得这么崇高过。社会更加理解了我们，经过医护人员和全社会共同的努力，"非典"一定会尽早结束。

广东省人民医院传染科护士罗奇玲来电：我在一线工作了三个多月，我想借此机会对家人表示感谢，没有他们的支持，我无法撑到现在。

中山大学附属第一医院全体二线护士来电：我们全体在二线的护士在这个特别的节日里，祝愿中山一医一线的医务工作者一路走好，工作之外注意身体，健康才是本钱。我们在二线的工作人员一定干好本职工作，全力支持你们！

广州市胸科医院一线的彭医生：我的岳母和姐姐都是护士，每当我巡视病房，看到护士们不分日夜照顾病人，真的觉得她们非常辛苦。在此想祝所有的护士节日快乐！希望她们能够保重自己的身体。"非典"并不可怕，可怕的是人们的恐慌心理。我们有信心战胜"非典"。

广州市人民医院退休的赵护士长：看到护士们在为抗击"非典"而努力，我想起了自己工作时的种种往事。如果需要的话，很希望能够再出来为抗击"非典"出一份力。

广州部队医院的颜护士：我是一位接受隔离的护士。我愿意为抗击"非典"奉献一切！为了更好地抗击"非典"这个病魔，希望护士姐妹们都能快乐地过好这个节日。

广东梅州的饶小姐：向战斗在第一线的护士姐妹们问好，山区护士时刻关注着你们，你们的工作深深感动了我们，只要有需要，我们随时可以上"抗非"前线来支援你们！

一名军医：我是一名从广州军区抽调到北京支援抗击"非典"的军医，在危难时刻，总少不了我们军人。我们将努力工作，决不辜负广东人民对我们的期望！

……

5.1万人的留言，如春霖遍洒大地。每一个人在这里学会了承担，获得了勇气，让生命的尊严和神圣得到了升华。

一百多年前，弗洛伦斯·南丁格尔勇敢地投入战地伤员的救护工作。夜深人静时，她手持油灯巡房，士兵竟躺在床上亲吻她的投影。她曾说："在可怕的疾病与死亡之中，我看到人性神圣英勇的升华。"在灾难面前,民族的情感在净化、升华!民族的精神被唤醒,民族的力量在凝聚!

这一夜,无声的旋律在大地回荡,山川河流因此而更加美丽。当我们一步步走过一场灾难时,我们看待周围的一切有了新的目光。

第三章

上医 顾念众生

钟南山有一句名言：看病只看病情，不看背景。他坚持『三个一样』：高干平民，有钱无钱，城市农村，一样的热情耐心，一样的无微不至，一样的负责到底。『不管是院士还是院长，我首先是个医生。』

一个医生离开了病人，就像农民离开了土地，渔民离开了江河。

一

2008年5月6日是世界哮喘病日。离"非典"过去已有5年,当年的一切都走进了人们的记忆。

车水马龙的都市总是一日复一日,像一架巨大的机器,永无休止地运转,不知它的能量与活力来自哪里。

这一天,钟南山有一个面向社会公众的讲座。像往常一样,沉静、稳健、具有学者气质的钟院士出现在公众面前,仍然是一副自信又平易的样子,他的目光那样深邃,饱含了无数的情愫;脸庞轮廓硬朗,显出一种特有的坚毅。他"非典"时期白了的头发奇迹般地又变黑了。

全世界因为空气污染等原因,人类哮喘病正在呈现上升的趋势。中国哮喘病人也在上升。中国哮喘联盟这一天在全国举办各种形式的宣传活动,作为中华医学会会长,钟南山坚持尽自己的义务,向社会公开举办哮喘病知识讲座。

这是一间不大的礼堂，位于广州医学院附属第一医院医技楼八楼，这也是钟南山的广州呼吸疾病研究所的所在地，位于广州市沿江西路。这里紧挨珠江，历史悠久的爱群大厦隔街相望。周围遍布骑楼，这些老建筑写满了老广州的回忆。东面钢铁的海珠桥，西边欧洲风情的沙面，把现实生活与近代历史现场融成一体。

早晨8点不到，可容纳几百人的礼堂已经座无虚席，前来听钟南山关于哮喘病防治讲座的人，大都是患者，这里老人和小孩的比例远远超过其他聚集的人群。

钟南山准时到达会场。他走上讲坛，像他做过的无数场报告一样，面对投影仪投射在墙上的图像、图表、数据、文字，他侃侃而谈，手中晃动着电子教棒，红色光点打在画面上，把图像上肺气肿形成时的样子、哮喘病发作与正常时气管被闭锁的形状点出来，让人一目了然。

他说光治哮喘不行，是治标不治本，要同时治疗炎症。这种炎症不是由细菌或病毒感染引起的，是非特异性炎症，只能通过吸入皮质激素才能有效控制。哮喘病通过规范的治疗，是可以临床治愈的。

听讲座的人越来越多，所有机动的折椅派发后仍然不够，后面站了一排。

1992年7月至2002年9月,钟南山任广州医学院(现广州医科大学)校长

一个男孩跟他妈妈说话，引得许多人回头观望，希望母亲能够制止。母亲不理他的举动适得其反，小孩哭起来了，大声问妈妈为什么不要他了。做妈妈的实在不愿离开，孩子又不听话，怎么办？钟南山并没受到丝毫影响，他一直认真而有条理地讲解着。他说哮喘病预防治疗优于发病治疗，一定要早治才行。

小孩慢慢安静了。听众全神贯注。

谁也没有注意到，钟南山比以前突然瘦了十斤，他是刚从医院出来的。他的甲状腺炎刚刚痊愈。

这一病让他对身体有了更深刻的认识。一直以来，他都认为自己的身体很棒，2003年抗击"非典"疫情，工作不分昼夜，当时，他感觉自己的身体有点透支了，但仗着自己"底子好"，并没有太在意。

有一次，他从北京出差回来，半夜2点多才休息，本来已经很累。但第二天几个学生来约他打羽毛球，他连着打了两场。凌晨，他在睡梦中突然感觉到心脏不舒服，胸闷，有点呼吸困难。家人连忙把他送进了医院。

他的心脏发生了小面积的心肌梗死。幸亏发现得早，送医很及时，他接受了心脏支架手术，很快就康复了。后来又出现了心房纤颤。为了像一个正常人那样生活和工作，他宁愿冒极大的风险做了心脏除颤手术。推进手术室那一刻，颇有一些生离死别的味道，他更加体会了身体是何等重要！

心脏手术让他告别了篮球场，不敢轻易做对抗性运动了。但锻炼身体他一直坚持下来了。下午下班后，他快走或跑步20到25分钟，然后做一做双杠、仰卧起坐、单杠，一套流程下来大约一小时，每周做三到四次。

二

一面对公众，钟南山仍然精神饱满，讲起话来字正腔圆。

一个小时后，讲座结束，他被电视媒体记者和患者围住。他脸色蜡黄，深藏的疲惫在脸上无法掩饰。但他没有半点敷衍，一一回答大家的问题，非常认真地为听众答疑解惑。

不知不觉早已超过了原定的时间，接下来他还有另外的安排。工作人员在一旁着急，欲拉钟南山下去。

一个女孩眼看钟南山要走，她又挤不到前面来，就远远地大声问："若是气道狭窄了，对心脏……"

钟南山又站住了，问她是怎样的情况。她说的是自己的父亲。钟南山说，要看病人才知道。她的父亲就在另一边高声回应："我在这——"他喘着气挤到了前面。

钟南山耐心地等他挤过来，转身去询问他的病情……半个小时过去了，他仍然在认真地回答问题。其耐心非一般人所具有。

钟南山好不容易走下讲台，又被电视台的记者围住了，记者向他连珠炮一样地提问。他走两步就被截住，走走停停。而在他的办公室已经有人等着他了。另一旁的小会议室，各家报社的文字和摄影记者十几个人也已经恭候多时。下午还有他的门诊。

等到钟院士坐下来接受我的专访，上午剩下的时间已经不多了。他中午休息的时间也被我占了。

我们从他的身体聊到养生。他认为最好的医生是自己。能够影响健康的因素总的来说分为内因和外因。遗传是内因，它所起的作用大概占了15%。而社会环境、自然环境、医疗条件和生活方式都属于外因，其中生活方式所产生的影响占的比例最大，达到65%。而生活方式与其他影响因素最大的区别则在于，它是唯一可以由我们自己选择的因素，我们可以控制它、改变它，从而让自己生活得更健康。因此，通向健康、延缓衰老的道路，第一步就应该从选择健康的生活方式做起。

他侃侃而谈，思维极其清晰，仍然不见倦意。

他认为，在所有"健康基石"中，心理平衡是最重要的，

钟南山多年来一直有锻炼习惯,每周坚持健身三到四次

也是很多成功人士最难做到的。有一位著名的医学家曾经说过："在所有对健康不利的因素中，最能使人短命的是不良情绪和恶劣的心境。这些情绪包括了忧虑、惧怕、贪求、怯懦、愤怒……"

要达到心理平衡，还有一条很重要，就是要善于对待挫折。人的一生中不可能没有挫折，但他相信一句话："祸兮福之所倚，福兮祸之所伏。"这其实就是要我们学会辩证地看待人生的挫折。

一个如此成功的人专门讲起了挫折，让人有些意外。他讲挫折似深有体会，在我还不了解他的人生经历时，以为他不过泛泛而谈，并不信服。随着对他的深入了解，才知道他人生的每个阶段几乎都由挫折铸就。挫折就是他成功的台阶。再一想，似乎成功者都与挫折关系很深。这是社会因素，还是人性的因素，或者是命运的因素？

所以，他谈的是要学会快乐地生活。他说：人得学会享受生活中的"快乐"。我们要掌握三种快乐的方法：一是知足常乐。我们生活要有目标，并且执着地追求这个目标，但这并不代表要对自己苛求。因此，应该将目标设定在自己可达到的范围内，更要欣赏自己已经取得的成就，学会肯定自己。

二是自得其乐。孔子有一句话："知之者不如好之者，好之者不如乐之者。"钟南山的理解是：对于同一份工作，业务能力强的人不如喜欢这份工作的人，喜欢、爱好这份工作的人又比不上能够陶醉于工作中的人。因此，如果我们能沉浸在生活中、工作中，那么我们就能忘却周围很多烦恼，陶醉在自己的快乐世界当中。

三是助人为乐。喜欢帮助别人的人总能收获好的人缘，人缘好，与周围的人相处愉快，心情当然比孤独的人要畅快得多。

三

钟南山的办公室里摆了两张桌子，柜子里放满了书和资料，沙发一放，20平方米的空间显得狭窄。办公用具既廉价又老旧。

窗台上摆放了几张照片，都是他自己的，最突出的是他体育锻炼的照片。他极有体育天赋，但从事体育或者医学，他只能二者选一。学医后告别了体坛，他的体育天赋得不到发挥。这些照片也许反映出一种遗憾、留念与补偿的复杂心理吧。还有和别人的合影，其中一张是与胡锦涛总书记的合影。有一张是钟南山

"非典"时期的照片。

他说话时爱用手势来表达感情,双手在胸前晃动,有时散开五指梳梳倒向脑后的头发。总是不断有人来找他,他也总是一一回应。

与他面对面,聊开了,我问他:"你觉得自己是个怎样的人?"

他答:"我是一个永远有追求目标的人,感情比较脆弱,很情绪化,有时也有些消沉。不喜欢参加社会活动。这次奥运火炬接力,安排我到云南传递,我虽然出身运动员,一生都爱好打篮球,但花费那么多时间我不愿意。"

他成名了,对名利却看得这么淡。他身上表现了典型的广东人的性格——实在,干实事。

我再问:"你对自己人生满不满意?"

他答:"我最不满意的是对自己的健康注意得太晚了,长期胆固醇高,母亲那支血脉有冠心病家族史,心肌梗死。我最满意的是,终于做到了一个人对社会有一点贡献,我履行了这句话,没有白活。"

他竟然认为自己的身体不好。

也许是谈到身体,谈到了"非典"时自己的种种遭遇,那样的经历过去5年了,他依然无法淡忘,有些黯然神伤。在呼研所这个小小房间，第一次，我看到了一个英雄脆弱、敏感的一面。我明白，每个人终归是一个个体，在面对纷纭社会与永恒的自然世界时，任何个人都会有孤独与无助的时候。难的是他能不断超越自己，在困境中谱写出强者之音。

这才是一个真实的钟南山，刚强从柔弱中诞生。而这一切缘于他对人、对生命的尊重！

他在当年两会期间关于医改的发言是我所关心的。他是全国人大代表，在来广东团讨论时，他第一个发了言。他要履行一个人大代表的义务，为广大群众的利益进言。

医改是个事关全民的大问题，作为医生更是关心。

钟南山对看病难、看病贵而正在进行的医改，反思了很长时间，他认为医改不是一个部门所能解决的问题，不只是投入一些钱，建立一个制度的问题，不只是治病救人，医改也不全是社会的"减震器"，而是要从造就一个健康民族的高度来对待。

他说，首先是思想层面上的认识：一是要解决疾病，二是健康，三是预防。

其次，我们搞了十几个医疗方案，都谈到怎么改，谈到社区医疗，但没有涉及谁来改，它牵涉多个部门，不是哪一个部门可以做到的事情，要有一个大卫生的概念，需要各个部门形成合力，医保也要合起来考虑才行。

第三，重点在社区，但没解决好人的问题。社区、农村医疗站，需要培养下得去、留得住的人才，为此，就要解决好待遇和环境的问题。现在我们的医科大学指导思想与业务培养，都是为大医院培养的，对卫生预防、公共卫生则涉及太少。是不是可以像师范院校那样，可以考虑免学费，再在大医院轮转两年，由政府、大医院负责，培养一批有能力且能留在基层工作的医学人才。

解决人的问题，这是医改的关键……

四

钟南山有一句名言：看病只看病情，不看背景。他坚持"三个一样"：高干平民，有钱无钱，城市农村，一样的热情耐心，一样的无微不至，一样的负责到底。

他认为一个医生，面对病人，眼里就应该只有病人，其他一切置于脑后，病人是无贵贱的。他甚至认为，医生这个职业，救人于痛苦危难之时，不可能是8小时工作制，如果硬在8小时之外

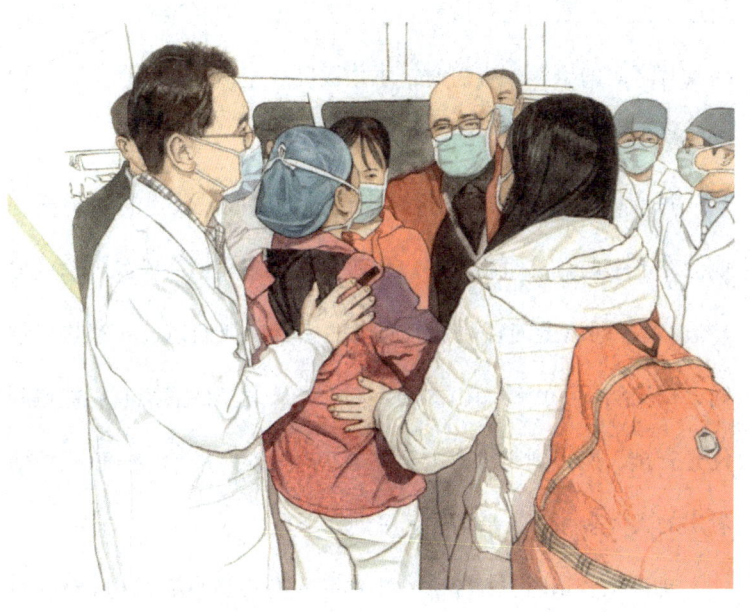

2020年2月1日,钟南山为广州医科大学附属第一医院支援武汉医疗队送行

划上一条线，那不是一个合格的医生，更不是一个好医生。

钟南山是这样说的，更是这样做的。这是他为人做事的本色，几十年都没有变过。

每周三上午钟南山去病房查房，从1992年至今他都没有中断过。他主要看一些在诊断和治疗上有困难的疑难病人，解决一些没有解决的难题。查房时，主任医师、主治医生、护士长、护士、学生，都会跟着他。

每周四下午，是他开设专家门诊的时间。没有特殊情况，他会在下午两点准时出现在广州医科大学附属第一医院门诊三楼1号诊室，问诊全国各地慕名而来的患者。他们通过专家热线预约，提交病历后由钟南山的助手们筛选，紧急的病患有可能得到优先安排，能得到与钟南山至少半小时一对一的诊治。由于找他看病的人太多，病人平均要等三到六个月。

钟南山查房时，总是喜欢坐在病人身边细心听病人说话，拉着病人的手询问病情。有的病人身上散发出异味，有的病人病得很重，他都无所顾忌。

开设专家门诊的时候，他总是提前半个小时，而他的研究生则要提前一个小时做准备。冬天的时候，他先搓暖自己的手，生怕冷手让病人不舒服。

钟南山一进门诊就亢奋，患者越多他越拼命。为了病人在候诊时不用那么累,他想了一个办法,他在诊室摆了几张诊台,患者坐满诊台,先由他带的博士生记录病史、病情,测量血压,他一个诊台一个诊台往下看。患者坐着,他自己走动,这样既照顾了病人,又提高了效率。

下午门诊时间是2点30分,钟南山从2点开始,一直要干到晚上8点。钟南山的工作让他的妻子和他的研究生形成了一个习惯,李少芬每到这天晚上9点钟,就准时提着一个保温瓶,里面装着她煮的饭菜,送到钟南山的面前。而他的研究生、助手和护士则要做好推迟吃饭的准备。

他告诉自己的学生,慕名来挂号的病人,都是排了几个星期的队才等到机会的,他们肯定都是长时间被病痛折磨得很苦的人。他们说话有时语无伦次,有的是紧张,有的是惊慌,我们一定要体贴他们。他在开处方时,总是先了解一下患者的经济承受能力,思考再三,找到价钱不贵疗效又好的药,才肯下笔开方。

钟南山当了院士,当了广州医学院的院长,百忙中还坚持到医疗第一线,他说:"不管是院士还是院长,我首先是个医生。""只有到医疗第一线,我才能体会医生的喜怒哀乐,才能知道群众在想什么,有什么问题要解决,以便做出符合实际的决策。同时,也只有到了第一线才能找到临床上最需要解决的问题,也就是科研的灵感要从实践中来。"一个医生离开了病人,就像农民离开了土地,渔民离开了江河。

他自认是"临床医学家",门诊发现的疑难病症,他会当作学术挑战,回到实验室攻关。在他心中,疑难病症是课题。"实践医学就是一边实践,一边科研,不能只是搞研究,最重要的还是解决病人的问题。"他担任呼研所所长,没多久就证明了"隐匿型哮喘"的观点,首次在国内提出中国慢阻肺(慢性阻塞性肺疾病)患者基础能耗校正公式。

"隐匿型哮喘"的概念就来自病人。钟南山从大量病人中发现,南方不少患者反复咳嗽,各种抗生素对他们没有什么作用。他思考,这种原因不明的顽固性咳嗽有什么办法对付吗?他先从气道高反应性入手,它作为支气管炎哮喘的一个指标,到底起什么作用?与哮喘有无密切的关系?

他找到两所中学进行气道高反应性普查,发现了气道高反应性越重,新发哮喘的可能性越大,而哮喘症状消失时,气道高反应性减弱。他又从普查观察指标中发现,达到一个数值尽管接受调查者没有哮喘病,但两年后有高达45%的人会发生哮喘。通过检测,是可以把这部分隐藏的"亚病人"查出来的,在发病之前进行治疗,便可以明显提高哮喘治愈率。

钟南山想到国外尚未被医学界承认的"隐匿型哮喘"概念,他提笔写出了论文《无症状的气道高反应性提示有隐匿型哮喘吗？》。论文完善了"隐匿型哮喘"概念，在美国著名的胸腔杂志Chest发表后，得到了医学界的认可。美国胸腔协会还授予他"特别委员"称号。

而治疗慢阻肺则是从病人肺源性心脏病及急性呼吸衰竭的原因探究开始的。他用猪来实验，通过解剖活猪，找出了缺氧和肺动脉之间的关系、肺动脉高压的原因，弄清楚发病机制与原理，又研究用营养疗法治疗肺心病患者和急性呼吸衰竭患者，制定出中国人的基础能耗校正公式，并研制出了一种高营养素优特力生。他还从流行病学证实了生物燃料可引起慢阻肺，发现了两种有效治疗慢阻肺的老药。

一生行医，钟南山更加理解人了，越深入奇迹般的人体，越是惊叹生命的伟大，越是懂得活着的珍贵。人的身体就是一个神奇的世界，深藏着无穷无尽的奥秘。对疾病的探寻，既可以用西医的微观——细胞、微生物，也可以用中医的宏观——整体观念与辨证论治，中西医不同的认识论与方法论，都在人体上得到了验证。在他的眼里，疾病只是一个个为他设置的难题，需要他去答题。答对了，他就无比开心。

钟南山中西医并重，他既有病理分析，也运用中医培养出的悟性来诊断。他诊断支气管扩张咯血，会突然想到子宫淤血或恶露流注，或者子宫内膜异位，也许是子宫内的种种原因导致了支气管扩张咯血。如果是这样，病人用消炎药是无效的。这样的病因靠的不是西医的诊断，而是中医的悟性，是对人与自然一体奥秘的发现。咯血的病，钟南山却问来不来月经，完全是南辕北辙。

　　有一次，一位80多岁的老太太来看病，她的肺叶底下，两边阴影就像一对打开的翅膀。钟南山看到这样特殊的病例陷入了沉思。他中医的思维打开了，最终从食管反流找到了病因，患者得的是机化性肺炎。一般的肺炎药对她无用。

　　广州市邮局有一位叫阿琼的女工，气喘了一年多时间，经常咳嗽，吃药也没有用，而且病情越来越严重。她来找钟南山。钟南山给她做哮喘检查，结果呈阳性，按一般情况，既然诊断明确，接下来开药就是了。钟南山却仍不放心，凭感觉，阿琼的病与哮喘病症状似乎略有不同，隐藏着另外的症状。但究竟是不是这样，是什么病症，他也没有把握。钟南山建议阿琼留院观察一段时间。

　　钟南山仔细观察她的病状，从最细微的特征里寻找问题。病情终究躲不过有心人的眼睛，钟南山认为她的气管长有肿瘤！为了确诊，他亲自给阿琼做了纤维支气管镜检查，果然得到了证实。手术开始了，跟钟南山一起做手术的医生都被阿琼隐藏得很好的肿瘤惊呆了。这个肿瘤已经占据她气管的五分之四了，多危险呵！

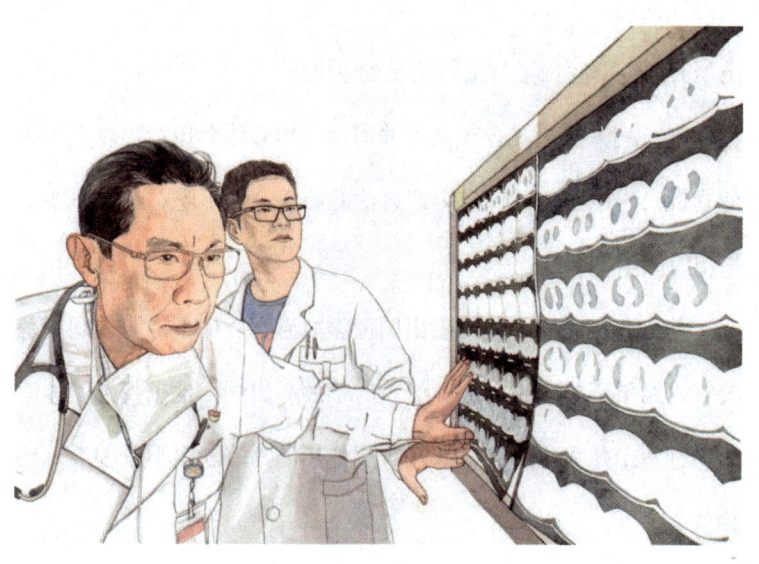

钟南山在观察病人的CT片

还有一个顽固性咳嗽患者,四处问诊,药吃了不少,总是不见疗效,病人痛苦不堪。来呼研所后,初疑为肺癌。钟南山用纤支镜检查患者,仔细观察,他在患者右支气管中取出几粒鸡骨,可谓手到病除,彻底治愈了困扰病人多年的顽疾。他由此开创了国内纤支镜用于钳取气管内异物的先河。从这一病例入手,钟南山展开研究,写出了一篇高质量的论文。

有个病人从湛江开车来找钟南山,担心他会拒绝,急着要请他吃饭,送他红包。钟南山理解他的心情,饭不吃,红包不要,挤出时间给他看病。

华南理工大学一位学生出国留学时感觉身体不舒服,到医院检查,结果不排除患上了肿瘤。为了放心出国,他也找到了钟南山。钟南山急人之所急,认真看了他拍的片,断定不是肿瘤,要他放心出国。

有的病人久治不愈,钟南山几乎成了他们唯一的希望、支撑下去的信心。一位潮州农村来的病人,住进了呼研所病房,为的就是找钟南山看病。他病得不轻,反复咯血,心理很悲观,只求见一见钟院士。他进院时,钟南山出差在外,病人极度失望,觉得自己没救了。这样的心理对于治疗是非常不利的。为了防止他的病情恶化,医院不得不跟钟南山联系。

钟南山知道情况后,决定提前回来。他从机场出来,连家也不回就直奔病房。潮州老汉的病拖得太久，又有沉重的心理负担，诊断起来十分困难，为了查找病因，钟南山先后为他主持了7次会诊。

找出病因后，钟南山又要去北京开会了，但他不放心，走的时候特地去看望病人。病人的脸色已经红润了许多，钟南山拉着病人的手，再次询问了治疗的问题，他带着歉意说："我已经为你制定好了手术方案，但北京有个会催我去开……"病人已经完全恢复了信心，他不等钟南山说完，就手一挥，说你放心去开吧，我相信你的学生能做好手术。他们像老朋友一样握手道别。

在北京，钟南山仍然心里挂念着他，两天就要打个电话，询问情况。手术很成功。钟南山回到广州就直接去病房看他，像老朋友相见，两双手紧紧握在一起，潮州老汉老泪纵横。

钟南山也有不耐烦的时候。有一位廖姓病人，已找钟南山看过很多次病了，每次见到钟南山都说自己一点也没好。有一次，他又这样说自己一点也没好，钟南山一时心烦，就随口说了一句："你来这里一点效果也没有的话，以后就不要来了。"

看到病人脸上失望与尴尬的表情，钟南山知道自己说重了。他很后悔说了这样的话。他深深体会到一个医生的话对病人有多么重要。一个医生如果对病人说"我没有办法"，这是对病人最大的打击！

钟南山后来在自我反省时想到，如果病人一点也没好，又怎么会三番五次地来找自己呢，病人是信任我，而我却没有去信任他。从此以后，钟南山给自己立了一个誓言——永远也不说这样的话了。

作为一个仁厚长者，钟南山总是和风细雨，他给人的永远是一张平和亲切的脸，生活中的酸甜苦辣在他内心都被他化解掉了。但他也有血性的一面，遇到不平事，他还有一副侠义心肠。

有一次，钟南山给一个病人看过病后，要求患者住院治疗。这个病人办理住院手续时，因没带够住院押金，住院部没有立即收留。钟南山知道后，发怒了，自己跑去据理力争，直到患者终于办好手续住进医院。他的一个女博士生说："如果那天没有办妥，他会马上掏出钱来帮患者办入院手续的。"

第四章

挫折 强者之阶

带着空空的行囊和一身的创伤,在向着南方开动的火车车厢里,钟南山望着渐渐远去的北京城,似有无限的感怀与惆怅,人生五味杂陈……随着楼宇消失在地平线上,他的青春岁月也随之远去了。大片辽阔的土地出现,华北平原绿油油的玉米地在车窗外旋转,他的心又飞向了广州的家……

一

钟山毓秀，扬子江日夜奔流。这片弥漫着秀丽和霸气的山河，既是"钟山风雨起苍黄"之地，又是"金陵王气黯然收"的地方，历史的风云在此激荡。

钟山之下，现代史的帷幕也在此拉开。

从美国辛辛那提大学医学院学习病毒学回国，钟世藩选择了这座既古老又现代的城市，走进了钟山南麓的南京中央医院，担任这家医院的儿科主任。他谢绝了美国人的挽留，想着回国干一番事业。

钟山月辉之下，他和思念已久的廖月琴走到了一起。同是来自厦门鼓浪屿，同是在协和学医，廖月琴学习护理专业，成长为一名高级护理。两人开始了互不辜负的人生。

1936年10月20日，钟南山在南京中央医院出生。廖月琴让丈夫给孩子取名。钟世藩想到儿子出生地在钟山的南面，就取了个

"钟南山"的名字。

钟南山生逢乱世,国难当头。第二年"卢沟桥事变",并很快就爆发了淞沪会战,南京成为日军轰炸的目标。钟南山出生数月就身处险境。

大轰炸时时发生,有时来不及躲。那一天,钟世藩上班去了,警报时间匆促,要跑到山上去躲来不及了。廖月琴和母亲跑出房子来观看飞机动向,就在这时,一颗炸弹把他们家的房屋炸塌了。钟南山还在房子里面,他被埋在一片废墟之下。

廖月琴号啕大哭。她与母亲拼命搬开砖瓦,往下面挖人。儿子躺在摇篮里,身上落了厚厚的一层尘土,脸变成灰黑色,面色发紫。廖月琴赶紧把他抱出来,好长时间钟南山都不知道哭。

失去了家,还差点失去儿子,南京的生活从此进入了一场噩梦。夫妻俩深刻体会了什么叫"覆巢之下,焉有完卵"。

淞沪会战之后,国民政府决定中央机关内迁。钟家开始了一段颠沛流离的生活。他们在日军飞机不断骚扰之下一路西行,先从南京乘船到了武汉,走陆路到长沙,后又辗转来到了贵阳。

这次生死大难钟南山听外婆和父母多次说起,但这不属于他的记忆。颠沛流离的生活同样是他的人生,他却并无感受。所幸的是父母都是医生,在乱世尚有一技之长,生活比起普通老百姓要好一些。但灾黎遍地的情形之下,全家一顿饭能有一片酱豆腐已是难得。

他们一家在贵阳安了家。没有多久，战火又延烧到了这里。南京的家已经片瓦无存，贵阳的家同样遭遇不幸。1943年，钟家再次遭遇空袭，刚安顿下来的家又被炸成了废墟。好在那天，他们全家一起去公园玩，躲过了一劫。好不容易置下的家具又被埋进了瓦砾，连最宝贵的医书也付之一炬。伤心人已欲哭无泪。

抗战胜利后的第二年，钟家随医院从贵阳迁往广州。钟世藩是医院院长，全家坐一辆救护车，经八天八夜长途奔波，到达广州。沿途在各种客栈住宿，全是与虱子臭虫大战。钟家有一样奢侈品——美国的DDT，用它全身喷洒，防蚊防臭虫。但时效一过，蚊子、臭虫咬得人无法入眠。两岁的妹妹小黔君天不亮就被咬得啼哭不已。

八个日夜苦战，一天上午，救护车开进了广州城。

钟南山看到了珠江，珠江北岸高高的爱群大厦是一座欧式建筑，异域之风扑面而来。海珠桥，钢铁巨制，横卧珠江。沙面红色坡屋顶的洋楼，在榕树丛中隐约可见。想不到20多年后，他工作的呼研所就在旁边，几十年上下班直至今日。

那时，他满心欢喜，至今记忆犹新。这座大城市被战争破坏的程度不如贵阳严重。从战火毁坏城市来的人，看到广州有如天堂。他与广州的缘分从此开始。

钟家住进了国民党广州市政府分配的独栋独院小楼。钟世藩任广州中央医院院长兼儿科主任、岭南大学医学院儿科教授。后来院系调整，担任中山医学院儿科主任。从此，他潜心学术，开始乙型脑炎病毒的培养和分离研究。

钟世藩对病毒的兴趣在早年留学美国时就开始了，那时正是病毒学发轫之初，他进修了病毒学，并且发现了细菌在繁殖活跃时期，有保护病毒活力的作用。这个发现得到了美国多位病毒学家的肯定与高度评价，他的这一研究论文发表在权威的传染病杂志上。他同时还发现了乙脑病毒可在小白鼠胎中繁殖，小白鼠鼠胎可以分离出乙脑病毒。于是，在20世纪50年代，钟世藩建立起了中山医学院儿科病毒实验室。这是全国最早一批创办的临床病毒实验室。他除了从事病毒研究，还开始培养病毒学研究生。他的科研题目是"小鼠胚胎培养病毒与研究"。

没有科研经费，他就用自己的薪水买来小白鼠，后来又找来电磁铁，在书房里做起了实验。他要用电磁场切割病毒液体，使病毒发生变化，从而达到杀灭病毒的目的。

有客来寻，问询钟家地址，街坊都说闻见老鼠味即到。

钟南山放学回家，喜欢到父亲的书房里逗弄小白鼠。钟世藩有意让儿子多接触，熟悉小白鼠的习性、生理和机能，对于学医，这会有很多好处。

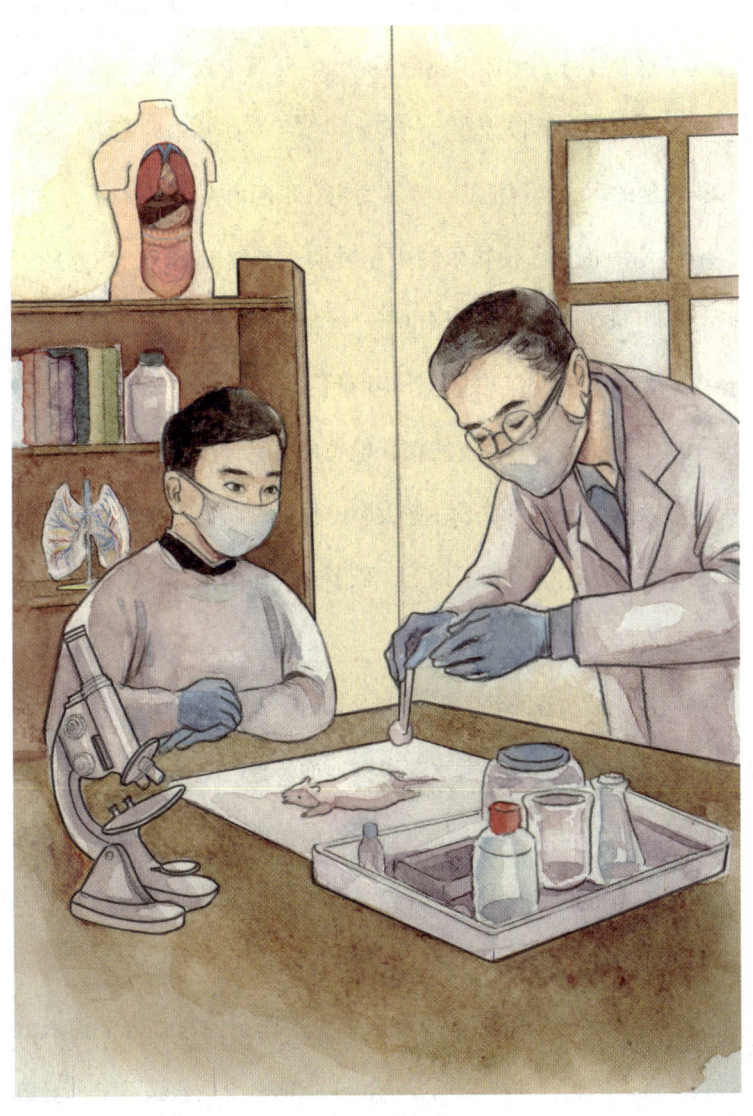

少年时期的钟南山跟着父亲学习做小白鼠实验

父亲与钟南山商量，要他帮忙照看小白鼠。钟南山很乐意地接受了这个任务，他成了业余饲养员。尽管老鼠窝散发出难闻的气味，钟南山却不以为意。他开始了解了一些基本的医学、医疗知识。他的耐心、责任心、观察力也在不断增强。

　　钟南山进入了他快乐的少年时期。与贵阳相比，广州的生活大不相同。他能看到美国电影、香港电影。他能吃到很多南国佳果，见到很多没有见过的外国商品，巧克力、香肠、面包……他痴迷于武侠片，曾撑伞跳楼，他想象自己像侠客一样飞越。一天，趁家里无人，他拿了一把大伞，推窗一跃。手中的伞反转过去，他直直从三楼掉到了地上，晕了过去。醒来话也说不了，一个小时不能动弹。

　　但他仍然执迷不悟，开始弃伞攀竹，从三楼顺着一根竹竿溜到地上，或是抱着墙外落水管下到地面。他的身体春笋似的长高了，又身强力壮，这时，他想到曾经欺负他的那些有钱人家的孩子，他决心报仇雪恨。他公开向一位男同学下了战书，约他在一片树林里决斗。

　　"仇人"的家长听说要决斗，急忙跑到钟家，告了钟南山一状。父亲问他是不是真的要去决斗，钟南山见隐瞒不了，就坦率地承认了。父亲哪里能由着他胡来，坚决不让他出家门。钟南山急了，自己下的战书，临阵怯战，今后怎么做人。他向父亲说理，遭到一顿训斥，被父亲关了起来。

钟南山厌学，贪玩，留级。

一次作文他写了身边一个同学真实的故事，老师看了觉得很好，就表扬了他。难得有一个表扬，这极大地鼓舞了他，让他觉得自己也是可以成为一个优秀学生的。

母亲也鼓励他，说只要你好好学习考上了中学，就奖励一部单车。钟南山听了很是兴奋，从此发奋学习，成绩不断上升，真的考上了岭南中学。母亲也坚决兑现了奖励的承诺。

钟南山的好胜心从此苏醒了，他不再甘居人后，特别是他的体育天赋一下子被激发了，在参加了一场场比赛后，成绩一次比一次好，他的竞争意识空前高涨，渐渐养成了不服输的性格。

他最初参加广州市运动会，取得400米跑第四名的成绩。经过广东田径队业余训练后，参加广东省田径比赛获得400米跑第二名。又代表广东参加全国比赛，在400米跑比赛中获得了第三名。直到读大学，1959年参加第一届全国运动会，他以54.4秒的成绩打破了全国400米栏纪录。田径竞技非常形象地表现了钟南山不安于现状的个性心理。

19岁这一年，钟南山放弃了去国家队当专业运动员的机会，考取了北京医学院医疗系，子承父业，选择了一辈子治病救人的医生职业。

北医是尖子生聚集的地方，学习成绩优秀者到了这里也成了很普通的一个——强中更有强中手。钟南山面对比自己优秀的人，不服输的劲头又上来了，一定要追上去不可！第二年，他又成了班上的尖子生。

钟南山已经成为一个帅小伙子了。那些叽叽喳喳的小女孩也长成了风情万种的美女。情窦初开的年华，是人生最浪漫的时光。钟南山从广州的少年时代，到北京风华正茂的大学时期，他的人生都是一帆风顺，鲜花、掌声、友情、爱情，人生的美好莫过于此。

钟南山在亲戚家认识了国家篮球队队员李少芬，同是老乡，共同的志趣——专业运动员和体育特长生，他们一起训练跨栏跑步，一起打篮球，两个年轻人迅速走近，双双坠入爱河。他们的爱情之花在体育场上绽放了。

这时，钟南山大学期间最大的一次考验来了。钟南山参加全运会选拔赛惨遭淘汰。

如果说全运会钟南山在选拔赛惨遭淘汰，算得上钟南山的第一个挫折，那么随后遇到的挫折将彻底改变他的人生。如果没有一种顽强不息的钢铁一般的意志，钟南山的人生之路将被改写，从此将消沉下去，直到坠入尘埃深处。

二

1964年底,婚后一年,留校担任过辅导员,又在放射医学教研室任教过的钟南山,远远离开了妻子,到山东半岛乳山县下乡,跟农民"三同":同吃、同住、同劳动。

这是一个刚恢复建立的县。乳山远远地离开了内陆,伸向了黄海深处,抵达了遥远的山东半岛东南端。它南濒黄海,拥有漫长的海岸,众多的滩涂和海岛。高高的乳山山脉延伸到了南方的大海。这里还是冯德英的长篇小说《苦菜花》的故事发生地。

正值"四清运动"轰轰烈烈进行之时,钟南山过去自豪的知识分子家庭出身转眼已是明日黄花,他意识到必须在政治上靠拢组织,才能有自己的一番事业。离校前他向党组织递交了入党申请书。他表决心,要在农村接受锻炼,在"四清运动"中经受考验。

农村贫困的生活让他感到震惊。农民们一年只有过年了才吃一次肉,一年里能吃两回白面。一年的口粮到3月就吃光了,少数省着吃的人家还能撑到4月。红薯也是稀罕物，家家当宝贝。没有什么可吃的了，就吃槐树叶。

钟南山住在一个老乡家里，睡在土炕上。老乡全家挤在一个炕上睡。他睡的是一个不能烧火取暖的土凉炕，到处是虱子，比当年一家人从贵阳到广州住的客栈还要糟糕，起先全身痒，被咬得麻木了，他也能与虱子共存了。美国的DDT已属于遥远世界的奢侈品了。

冬天来了，天寒地冻，他没法入睡，只能穿着棉衣跪在炕上。但他个子又高，只能蜷缩成一团。半夜里把所有能御寒的东西都堆在身上，仍然冻得瑟瑟发抖，只盼着天快点亮。

农活从生疏到熟悉，干的时间长了，他也成了一个老把式，修水利、耙地、锄草、种小麦、玉米、红薯，天天早出晚归。晚上还要开会，清政治、清经济、清组织、清思想，进行社会主义教育。农村则进行清工分、清账目、清仓库和清财物。"四不清"的干部要面对群众做深刻检讨。开大会的时候，晚上往地下铺一层麦秆就当床睡了。钟南山为了突出个人表现，他抢着活干，挑担背东西，人家背一筐，他背两筐。

村民对钟南山很好，他们把北京来的人当成是毛主席派来的干部，有好东西老乡都送他，隔老远就跟他打招呼，跟自家人一样。从老乡身上，钟南山获得了淳朴又温厚的情谊。

被虱子天天咬的恶果显现了，钟南山痒得难受，不停地挠痒，脚踝的皮被挠破了，皮破的地方感染化脓，接着肿大，一直肿得像个小气球，直径达6寸，连鞋子都系不上了，因鞋带太短了。脚踝肿得连裤子也遮不住了，露在外面，冰天雪地里被冻得僵硬。

出工了，钟南山咬着牙，一瘸一拐下地去，他从不缺工。病情再发展下去会得骨髓炎，万一到时要截肢，他将落个终身残疾！钟南山感到害怕了。

从一个曾打破全国400米栏纪录的人变成一个路也走不了的残疾人，钟南山心里无法接受。他学医出身，知道问题的严重性。但天天要出工，旷工是很严重的问题。父亲曾经是国民党党员，因政治问题正在经受严格的审查。钟南山这时的表现将影响他一生的前程。在那个年代，一条腿的代价远不能与失去政治上的信任相比。没有政治上的信任，他将遭受全社会所有人的唾弃与侮辱，连人格也将失去。自尊心如此强的钟南山，在侮辱中生存，那才是人生的大灾难，他将无法活下去。

他一直咬牙坚持着。挨到了春节，公社放假10天。村支书同意了钟南山回广州治疗的请求。

陌生的环境，寂寞的日子，单调又艰苦的生活，钟南山都能忍受，但对妻子的思念却不可抑制。他本想回北京，但治病还是回广州好,广州有他的家,父母都是医生,这么短的时间,他得迅速医治好。他把自己的病情写信告诉了父亲,父亲多次来信催促他赶紧回去治疗。他已经拖得太久了。

钟南山虽辛苦地干活,但工钱极少,他身上回家的路费都不够。父母的处境也越来越不好。父母著名专家的身份曾经是他的骄傲,现在变成了"反动学术权威"。他不想再给他们添麻烦。他硬着头皮找朋友借钱,朋友看到他如此处境,决定帮助他。

回广州路途遥远,乳山县不通火车,公路也破旧,他要坐汽车翻过马石山、垛鱼顶、老黄山,过乳山河,出威海到莱阳坐火车,再到济南转火车,中途还要再转,来回所花的时间要一个多星期,他治病的时间根本不够。他不能把时间浪费在路上。最快的路线就是坐火车到郑州,转乘飞机。

在广州治疗了几天,钟南山伤还没有好带着药又急着往回赶,一瘸一拐上车。母亲目送他进站,尤其不舍,仿佛有什么预感。钟南山回头一望,寒风中,感觉母亲如此弱小,如此孤单:儿子和女儿都远离了她,她把自己的精力放在了肿瘤医院的工作上。工作变成了她全部的寄托。

钟南山按医生的交代换膏药,吃消炎药,自我护理治疗。伤还没有痊愈,他就出工了,仍然是抢着最苦最累的活干。平时热心给村民看病,尊老爱幼,跟大家打成一片,特别是带病坚持劳动,受到当地村民好评。一年后,组织上批准他加入了中国共产党。

钟南山以自己极大的忍耐力得到了组织上的肯定。他以为从此就能得到组织信任了。他坚信只要自己好好表现,出身不好的人也是可以有发展前途的。但是,他想不到更大的灾难还在等着他。

三

两年后,钟南山回到了他朝思暮想的北京。但他并未能与妻子李少芬团聚,因为几个月前她就离开了北京。

丈夫下乡后就不曾见面,李少芬忍受不了孑然一身的漫漫长日,她要回广东照顾养母和公公婆婆。她从国家队调到了广东女子篮球队,选择了急流勇退。

明知两地分居,李少芬仍然坚持回广东,两人陷入激烈的矛盾,两地书都是彼此在说服、在争执。钟南山痛苦不堪。钟南山认可北京,他当年高考志愿填报北医,就是想到首都来发展,这里是干事业最好的平台,他不愿意放弃首都的工作。但无论钟南山怎么劝说,李少芬不为所动,态度坚决。钟南山所说的前途,对一个长期身在乡下从事农业劳动的人,不免有些渺茫。李少芬希望他也回广东。

李少芬有过个人的辉煌。15岁她就被选入国家篮球队,任主力队员,技术全面,中锋、前锋和后卫她都能打,特别她的长项是中投,投篮准确率极高。远投她习惯双手投篮,到了中近距离就单手起跳来投。她灵活、果断、精准,有一股潇洒和干练的风度。

1958年,她与队友一起战胜了欧洲劲旅捷克斯洛伐克队。1963年,在印度尼西亚雅加达首届新兴力量运动会开幕式上,她作为中国代表团护旗手,引领代表集体项目的队伍上场。那时国际上东、西两大阵营斗争激烈,新兴力量运动会是东方阵营最重要的运动会。李少芬作为中国女篮副队长,随中国队出征,获得了冠军,引来世界侧目。

1964年,中国女篮又获得了匈牙利、法国、罗马尼亚、中国四国篮球邀请赛冠军。随后,获得第三届国际青年友谊运动会女子篮球比赛第四名。

谢晋导演以她们篮球队为原型,拍摄了电影《女篮五号》。漂亮又活泼的女篮姑娘,凄美的爱情,精彩的球技,像一阵清风吹过大江南北,深深吸引了国人。女主角的故事就有她的影子。

法国篮球俱乐部看中了李少芬,要留她做外援,为她开出了很高的转会费。李少芬知道国家队不会放人,最重要的是,她跟钟南山刚结婚,正是两人幸福甜蜜的时光,本来就聚少离多,她怎么舍得他。

但这一次,李少芬打定主意回广东她就不再改变了。她是个敢作敢为的人,钟南山劝说也无效,她认准了就去做了,写申请,办理调动手续。国家队挽留她,打算安排她当教练,她一口谢绝,很快她就办妥了手续。

钟南山回到北京,依然是孤身一人。他想念妻子的时候,就到昔日的篮球场、绿茵场他们一起活动的地方走一走,苦闷的时候吹一吹黑管,吹的大都是《莫斯科郊外的晚上》《三套车》《喀秋莎》等,同样的旋律,却有了一层幽怨与感伤。

他想到了李少芬18岁那年到了苏联,那是一个什么还不懂的年龄,她的心里只有篮球。苏联国家级功勋教练对中国女篮进行指导,球队竞技水平大大提高。她也对这个国家留下难忘的印象。多少次,李少芬激动地跟他说起莫斯科的见闻和感受,声音忽高忽低,像在朗诵一样。钟南山十分向往苏联,他最喜欢看的小说就是苏联作家奥斯特洛夫斯基的《钢铁是怎样炼成的》、瓦·阿扎耶夫的《远离莫斯科的地方》,保尔·柯察金的名言成了他的座右铭:"一个人的一生应该是这样度过的:当他回首往事的时候,他不会因为虚度年华而悔恨,也不会因为碌碌无为而羞耻。"两个人在一起的时候,他们经常谈苏联的体育、文学和音乐,但现在,钟南山只有沉默无语,独自怀念。

学校安排钟南山担任毛泽东思想辅导员。一旦投入新的工作,过去所有的不快都烟云一样散去。正当钟南山慢慢调整心态,适应新的岗位时,一个多月后,一场更大的风暴席卷中国——"文革"开始了。一夜之间,全国山河一片红。

学校停课,校园里贴满了大字报,学生摇身一变成了红卫兵,他们揪住昔日的老师搞"喷气式"批斗,让他们"坐土飞机"。钟南山被划定为"地、富、反、坏、右"的后代。他的父亲曾是国民党党员,他父亲所在的南京中央医院是国民党的嫡系医院,钟南山是"反动学术权威的狗崽子""国民党反动派、里通外国的阶级敌人的后代",属"黑五类"分子,必须接受劳动改造。

钟南山不服气。他申辩说,父亲爱国,当年去美国留学,在辛辛那提大学医学院取得医学博士学位后,父亲毅然选择了回国;广州解放前夕,国民党中央卫生署副署长朱章赓,多次来家里动员父亲去台湾,父亲不愿离开,说是中国人就得待在这里。父亲把国民党给他留下的13万美元交给了国家,又向军管会移交了医院的财产清册。钟南山极力表明，他的家庭成分不好，但他是个好人，同样可以积极上进。

对继续劳动，钟南山没有抵制，而是把它当成一个机会——他要以此来证明自己是一个积极分子。劳动时他更加努力了，他最早到，最晚走，不怕苦、不怕累，只害怕人家对他另眼相看。

但是，灾难很快就降临到了他们的家庭。

天气进入炎热的夏季，钟南山总感觉到一丝不安，空气里有种悲凉骚动的气息。

一天，传来噩耗，他的母亲跳楼自杀了！

钟南山的母亲1911年出生，这一年55岁。她是一个小商人的女儿，家有三姐妹。她精通英文，又有口才和音乐天赋。钟南山脑海里浮现着母亲的面容，她慈眉善目，总是面带微笑，平日穿着都是最朴素的衣服，逢年过节衣服才带一点花。她一生都在帮助别人，从不直接批评人。家里困难时，她还借钱给别人，让她的一位同学坐上火车去北京读大学。她给钟南山买自行车，鼓励他、肯定他，使他获得自信，热爱读书……

母亲自杀带给钟南山强烈的刺激。母亲参与创办了广东省肿瘤医院。在医院，她对病人非常负责。化疗病人身体虚弱，容易被感染，造反派来病房贴毛主席语录，为了保持房间干净卫生，她坚决不让贴。红卫兵恼羞成怒，给她定了一个罪名，绑了出去批斗。她不堪红卫兵和大字报的羞辱,悲愤之下选择了跳楼……

钟南山两年前见过母亲,想不到那次见面竟然就是永诀。如果不是腿伤回家治疗,他会更加悔恨!好好的腿突然就肿大了,好像是天意让他回家。现在,他再无机会见到母亲了!他好不后悔啊!从此母子生死茫茫,阴阳两隔。钟南山痛彻肺腑,却不能哭出声来,不能流露悲伤。同情阶级敌人,就是政治上不能与之划清界限。

钟南山离自己的专业越来越远了,他以前因参加全运会,连临床实习都没有参加,专业只学了三年半。毕业了,只有短暂的工作时间,他就下乡了。回到学校,转眼间一切瘫痪。他和同学们走出了校门,徒步走上了红军长征路,接受革命传统教育。回到学校,进校报当编辑,又当辅导员,当年的理想在渐渐褪色、淡忘……

"文革"对家里的冲击还在继续。钟南山的父亲受到批斗,被开除中共党籍,下放去盥洗室洗奶瓶。

李少芬的家也遭到冲击,她被遣送到三水农村劳动,连会议报告都不允许她听了。那时,她和钟南山已经生下了儿子钟惟德。

钟南山的表现学院革委会还算满意。于是,给他安排了一个最光荣的任务——烧锅炉。烧锅炉证明他的政审过关了。这是组织对他的信任,给了他一个为人民服务的机会,他可以跟根正苗红的人在一起了,可以跟工人阶级老大哥、贫下中农子弟谈天说地。

锅炉房偏僻,来这里的人稀少。钟南山既然把这里当成自我表现的地方,他就要做到有人无人都一个样。锅炉是"八连通"的大锅炉,烧煤很凶,要不停顿地往炉中加煤。铁铲送煤只是累,每天清理一次炉膛就不那么容易了,要从那个烧得通红的炉子里把炉渣鼓捣出来,铁钩翻得火星直往上冲,不但温度高,一不小心人还会被烫着烧着。

干了一个星期,钟南山感到体力不支。他知道自己没有打退堂鼓的资格。一个"专政对象"的后代,艰苦的活,他如果不冲在前,那将会更危险。

偏在这个时候开始献血了,自愿报名。自愿献血的人并不多,钟南山赶紧报名。他不放过任何表现的机会。人家献200毫升,他献了400毫升。别人献血按规定准假休息,他放弃了休息,白天献完血,晚上就来上班了。他还以为自己的身体能撑得住,没想到他的营养不好,身体早已不允许他这样做了。

他拿起铁锹就知道手没有力气,铲一锹煤手抖得厉害。往炉子里抛煤的瞬间,他脑子一阵晕眩,煤没有抛进炉里,铁锹先砸到了自己,他晕倒在锅炉前。好在离炉膛还有点距离,否则他将被烧死。

一位校工来锅炉房打热水,发现了昏迷的钟南山,他叫来一群"牛鬼蛇神",把他送到了医院。

钟南山醒来后,晚上再也睡不着了。他想了很多很多,第一次动了回广东的心思。

命运对他依然严酷,就像冬天的寒冰,没有半丝暖意。钟南山又被安排下乡了。这一次去的地方更加寒冷、荒凉。他跟随医疗队下到了河北省承德市宽城满族自治县。大北方的莽莽山川,天高地远,历史上的辽西郡,群山耸峙,冰天雪地。在过一条大河时,他最好的朋友被河水卷走,尸体都没有找到。

1971年,中央政策有所调整,向全国发出"抓革命,促生产"的号召。北京医学院开始从下派的教师员工中调人回京,把那些表现突出的专业人才安排到教学和科研岗位上。钟南山抱着强烈愿望,希望回到北京,从事教研工作。他写了一份长长的申请书,把自己这些年的表现和思想都做了汇报。许多同事纷纷回到以前的岗位上班了,钟南山什么消息也没有收到。当最后得知还是因为自己的出身问题组织上没有批准时,钟南山几乎精神崩溃。

祸不单行,刚刚重回篮球队的妻子,在一次比赛中受伤,医生诊断为脑震荡。全家老少全靠她来照顾,广州的家一直由她独力支撑,发生这样的事,家庭立即陷入了困境。

钟南山欲哭无泪!他的理想和事业,他的人生抱负,他对首都北京的热切期望，他这么多年来的苦苦挣扎，全都失去了意义。他初尝失败的滋味，就像炎热的夏天突然袭来冰雪寒风，心里全是寒意。毕业11年的时光，他一无所获，一文不名，自己的专业越来越荒废了，黄金年华付之东流。北京，到了不得不跟它告别的时候了，钟南山一想到广州的家，他就觉得自己亏欠得实在太多了。

夫妻两地分居，他们一年只有一次相见的机会。但什么时候可以见面，能不能见，他们自己都做不了主，得由别人说了算。平时他们之间音信全无。最痛苦的莫过于短暂相聚后的分离，那是一种天崩地裂的感觉，最坚强的人也忍不住泪流满面。想到终于能够团聚，特别是很快就能见到儿子了，钟南山心里又感到欣慰，盼着早日回去。

四

广东省体工队打算重新组织一个篮球代表队。李少芬在三水农村听到消息，动了重新打篮球的心思。这是她从农村回城的一个机会。家里一岁多的儿子,两家三个年迈的老人,都需要她赡养和照顾。但34岁的年龄,重新上场,对篮球运动员来说年龄不算小了。但李少芬感觉自己身体还能胜任。

体工队由广东省军区派出的军管会领导。军人做事雷厉风行,李少芬亮眼的经历和骄人的成绩,是篮球队难得的人才。她很快就上调到球队了。

一次比赛,意外发生,李少芬重重地摔倒了,摔成了脑震荡。军区司令十分爱惜人才,来家里看望她。司令看到只有老人和孩子,就问李少芬,爱人去哪里了。李少芬告诉了司令家里的情况。这位姓侯的司令听到他们夫妻长期分居,大嗓门一亮,那怎么行啊!为什么不把他调回来?他当即答应联系调动。

部队调令地方不敢怠慢,北医马上让钟南山回来办理手续。一天办完,钟南山第二天就离开了北京。

带着空空的行囊和一身的创伤,在向着南方开动的火车车厢里,钟南山望着渐渐远去的北京城,似有无限的感怀与惆怅,人生五味杂陈,有如梦境一样,随着楼宇消失在地平线上,他的青春岁月也随之远去了。大片辽阔的土地出现,华北平原绿油油的玉米地在车窗外飞速掠过,他的心飞向了广州的家。

钟南山显得比实际年龄苍老得多了,他又黑又瘦,颧骨突出,衣服补丁上再摞补丁,满身疲惫,眼里却还有一股不屈的光芒……这是他回到广州,出现在父亲和妻子面前时的形象,令人心痛。

晚上,父亲跟钟南山聊了很久。他问钟南山:你今年多大了?钟南山说:35。父亲轻轻说:哦,35岁了,真可怕!

许多年过去了,这个晚上父亲说的这句话,钟南山从没有忘记过。那是多大的期望,又是多深的失望。35岁这一年就成了钟南山人生的一个分水岭,像当年打破全国400米栏纪录,这一次,他冲刺的是医学事业。他不能沉沦,他还没有到绝境,他还有机会。

钟南山到了一个与家只隔着一条街的单位——第四人民医院,这就是广州医学院第一附属医院的前身,是广州最小、条件最差的医院。钟南山从没有搞过临床,大学只读了三年半,报到第一天,为他去哪个科室,医院领导就很伤脑筋。

钟南山自己想去外科,他想当胸外科医生。外科主任倒是接受,革委会主任觉得一个年龄这么大的人还去搞外科不合适,对临床一窍不通,去哪里都没有用。他想把钟南山安排到医务科当干事,打打杂。好在钟南山在内科有两个朋友,他们出面找主任求情,让他来了内科。

钟南山第一天到内科上班,早会上和同事见面,他自我介绍说:"我过去在基础部门工作,临床接触少,一下子来到门诊第一线，预料会碰上难题，到时要请各位不吝指教。"他这时的心情是有些忐忑的。

钟南山走进内科门诊楼层，一切都是这样破旧、简陋，凳子人一坐就吱嘎作响。他又有些失望了。难道这里就是我的事业？35岁了，还要跟着别人从头开始学习内科？

钟南山在内科干了三个月，觉得就是开开药单子，没有挑战性。不，我一定要干出点名堂！他想去急诊室，那里遇到的问题多，虽然辛苦却能学到东西。

他调到了急诊室。不久发生了一件事情：因为他的误诊，差一点出了人命。同事讥讽他：钟南山连这点常识都不懂，咳血与呕血都区分不了，还当什么医生，搞什么急诊？

这件事情让他颜面尽失，甚至感到了从没有过的耻辱。他的自尊心受到了极大的伤害。

那一天，急诊室接了一个电话，广州东郊罗岗一个肺结核病人大出血，要马上送来医院。钟南山主动请缨。急诊室主任尤素贞看他很想去，就同意了。

当地卫生院的医生在钟南山到达之前，对病人做了初步诊断和处理。病人曾患过肺结核，所有症状表明他是肺结核大出血。钟南山认为这种情况应该送他去专科医院治疗。他看到病人嘴角有血，做了一般的止血处理，就把病人抬上了救护车，送去广州市越秀区结核病防治所。

走到半路，病人又呕血了，血的颜色呈现黑红色。这个并没有引起钟南山的重视。他给病人补液，注射了止血药。郊区的路不好走，天又下雨，二十多公里的路走了三个小时。把病人送到结核病防治所，钟南山返回医院时已到了下班时间。他跟值班医生交代了接送病人的经过和患者症状就回家了。

第二天上班，钟南山看到同事们都以怪异的眼光看着他。他感觉情况有些不对。走进主任室，主任绷着脸，跟他一字一句说："你接的病人是消化道呕血，马上去把他接回来！"

钟南山蒙了，他知道这件事情的严重性。他马上赶到结核病防治所，救护车一路拉着警报将奄奄一息的病人接到了医院。病人在急诊室一口接一口地呕血，他的血压一路下降，眼看就要降到零了。

钟南山急急忙忙去找外科医生，病人马上要做手术。手术紧急，先输血，打开腹腔切开胃，发现一根鱼刺扎进了胃黏膜的小动脉上，正在出血……

病人得救了。钟南山丢人却丢大了。一个医生连呕血与咯血都分不清，就是连最基本的知识都不具备——呕血是呕出来的，呕出来的血是暗红色的，咯血是咳出来的，咯出来的血是鲜红色的。

几天后,病人脱离了危险期,尤主任特意找钟南山谈话,说:"钟南山,你在急诊室干得太累了,给你换个部门吧,到门诊去好不好?"

钟南山连忙说:"我不累,我一点也不累。"尤主任露出了无奈的苦笑。她暗示钟南山主动提出调离,结果人家听不懂她话里的弦外之音,又不好直说。他不走,她得整天为他提心吊胆,害怕哪一天真闹出人命。从此,她不再安排钟南山单独处理病人了。

钟南山不怕人家笑话,从此狠下心来学。他拜内科的余真医生为师,她参加抢救过罗岗的那位病人。钟南山跟着她做检查、诊断和处理病人。白天看实操,晚上回家做功课,写笔记。他就像个小学生,紧跟三个月后,笔记写了厚厚的四大本。他又研究急诊室的病例,虽然病人是急诊,需要抢救的病人大都是脑溢血、胃出血、呼吸或心力衰竭等几大类型,他要寻找出它们的规律。

他的学习到了如饥似渴的地步。每天下午开批判大会,他就找技术员借了钥匙,躲进心电图室、X光室,拉上窗帘,看一张张心电图,琢磨X光片,如同着了魔一样。

钟南山的医术水平一路飞升,他在急诊室干得不错了。他又想着去内科病房。内科病房只能进一个医生,钟南山要进去,就得把另一个业务骨干换出来,那个业务骨干叫郭南山,内科主任坚决不同意,他跟别人说"此南山非彼南山",就是说钟南山技不如人。这件事又一次刺激了钟南山。他不怪别人小看自己,只怪自己没本事。

钟南山消瘦了,足足瘦了20斤。原来他天庭饱满,脸颊圆润,双目有神,笑容常挂在脸上;现在变成了高颧深目,表情肃穆,走路都在沉思似的。他刚穿上白大褂时衣服还是绷紧的,现在白大褂宽松飘逸,颇有些仙风道骨了。

这一年,中央关注到慢性支气管炎疾病,这种病还没有有效的治疗办法,国家领导人号召全国医疗系统开展慢性支气管炎的群防群治工作。广州市第四人民医院也要求开展这项工作。"治咳不治喘,治喘不露脸",医生普遍不愿意专门从事这项疾病治疗。一是这种病难以治愈,病轻了患者不愿意来看医生,病重了错过早期治疗,又难以根治。二是专业上也不会有什么建树,没有多大出息。但是革委会响应上级号召,要求第四人民医院成立一个专门的科室。医院便成立了一个慢性支气管炎防治小组。

慢性支气管炎患者一直是一位姓侯的老教授在看诊,革委会主任要求再多派一个人去。但派到谁,谁都找借口推掉,于是指定钟南山去。因为他既没有专长,也没有专业。

钟南山的梦想是进内科病房,他也不愿意去。医院最后只得以他是一名共产党员，必须服从安排。命运一直把他往低谷推，钟南山却以不服输的倔强脾气，硬是平地起高峰，把一件事情做到了极致。

他从此一头扎进了呼吸系统疾病领域，并不断拓展相关医学研究，他这一头扎进去就是一生的时间，直到成为全国科技十大英才、中国工程院院士、中华医学会会长、亚太呼吸年会学术委员会主席……

刚开始，钟南山的工作只是三天两头为患者检查一下身体。这样又闷又闲的工作钟南山如何能忍受！那时，南方淡白的阳光下，病人蹲在墙角晒晒太阳。晒太阳的慢性支气管炎患者们，不时地咳嗽吐出一口口痰，心绪不宁的钟南山在他们身边走来走去……这一幕成为医院一景。

有一天，钟南山突然注意到了患者吐痰，他盯着病人吐在地上的痰，发现司空见惯的痰在阳光下色彩十分丰富。他走近观察，又找了一根树棍来拨弄，一蹲就是半天。别人以为他丢了东西。

时间一长，钟南山发现每个人吐出的痰并不一样，就是同一个人吐的痰也会有差别。门诊的时候，医生问是否咳嗽，有没有痰，但无人再深究病人的痰是什么样的。也许这痰里面就大有文章。他开始掌握一些患者咳痰的规律。他把自己的观察报告交给

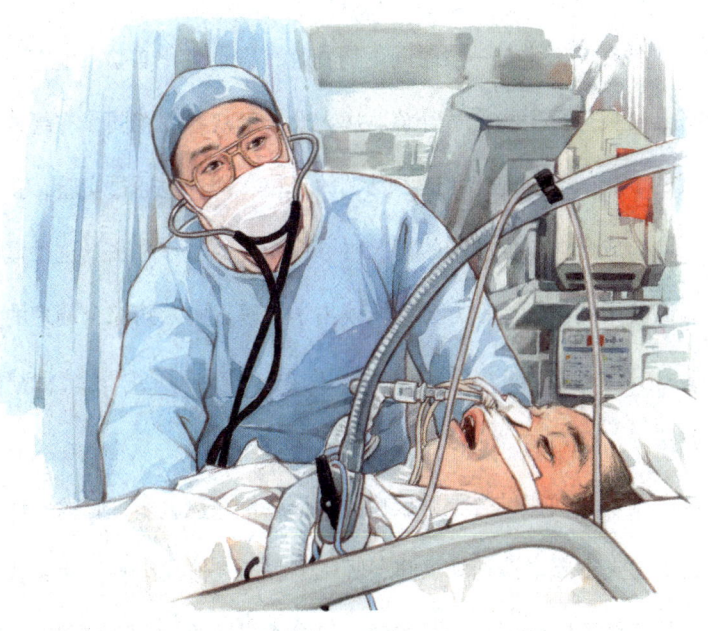

钟南山细心救治每一位病人

慢性支气管炎防治小组,于是,小组正式开始制定研究方案和实验计划,一个呼吸系统疾病防治与研究的突破口找到了。

有一次下乡调研,从农村收集到农民的痰,他骑单车,同事坐在单车后面,他不忘叮嘱同事,千万别丢。这些是他做研究的标本,他当宝贝一样。

他在北医学过一段时间生物物理,做过生化实验,他把病人咯出的痰进行生物化学分解。病人吐出的痰各不相同,有绿的、黄的、灰的,有泡沫状的、黏稠的、块状的,他通过实验,找出不同的成分。根据不同的情况再寻找相应的治疗办法。这种慢性病需要用到中医治疗方案,他就去学中医五脏六腑综合调理的办法。在学习中医的过程中,他又熟悉了中医对呼吸系统治疗的方法。

他从中西医结合上开展攻关。他分析寒热虚实、脏腑,慢性支气管炎主要牵涉到肺、脾、肾三个脏器,他找出肺、脾、肾虚亏的三种不同表现和不同类型,采取不一样的相应治疗方法。钟南山用中医治疗和西医局部性状治疗相结合的办法,发明了"紫花杜鹃"草药配合治病,疗效明显。所谓"紫花杜鹃"就是用紫花杜鹃再加人胚的经络注射法。

钟南山很早就认识到,仅仅局限于慢性支气管炎研究面太窄了,要把肺气肿、呼吸衰竭、肺心病纳入研究范围。他构思了一个宏大计划：一、慢性支气管炎研究实现一条龙计划，慢性支气管炎、肺气肿、肺心病一条龙；二、动物实验研究与临床研究一条龙；三、实验室、病房、门诊和一个定点市郊的慢性支气管炎医疗基地一条龙。

小组除了研究痰样，还拿小白鼠做试验。研究肺、脾、肾，钟南山要寻找与人内脏相似的动物，他发现猪内脏最接近人类。

于是，他自己掏了一部分钱，单位给了一部分，买了一头大猪。他们在天台上临时搭了一个实验室，空间不大，办公桌都搬到了外面，把里面的空间让给猪。

钟南山有时早晨6点进实验室，一直干到半夜1点才出来。更多的时候，小组成员白天看病，晚上值班，谁逮着空就去做猪的实验。他们先把猪麻醉了，再插管，研究猪的肺心病的生理变化，研究缺氧后组织胺、前列腺素等介质的变化，摸清病理。

这俨然就是一个研究所了。研究猪取得了丰硕的成果，4年后，在全国呼吸疾病会议上，小组所获成果得到了专家们的高度评价，多篇研究论文发表在国家级专业刊物上。

1978年，第一届全国科学大会在北京召开，钟南山作为广东省代表出席了这一盛会。他和侯恕合写的论文《中西医结合分型诊断和治疗慢性气管炎》被评为国家科委全国科学大会成果一等奖。

于是,一个慢性支气管炎防治小组,向着一个正规的广州呼吸疾病研究所迈进了。在研究设备严重缺乏的情况下,他们要攻克科研难题,面临的困难巨大。

钟南山又四处游说,要人、要物、要房子,没有设备就把人家丢到一边的旧东西抱回来,自己学着动手修理。譬如,肺功能计,报废多年,丢在仓库里,钟南山把它找出来,抱着它跑到上海找专家修好。气体分析仪是在某学院基础实验室借来的,他自己花了很多精力进行改装。没有三通接头,他找到熟悉的机床厂去造一个。老旧的呼吸机要人盯着,有时用一个小时就停机,要用手来操作。最后,只要听到声音不对,大家都知道呼吸机出问题了,赶紧跑过去修。没有地方,大家就在医生办公室搬开桌椅,腾出地方来做实验。

下班后,小组挤在一间办公室,各自忙着采集数据、做实验,直到深夜。没有加班费,没有资金,但人人干得舒畅。钟南山常常自己掏腰包给大家加餐。他的事业心、理想和朝气,都深深地感染了大家。

1979年,终于迎来了广州市呼吸疾病研究所成立的日子。

这一年,钟南山通过考试,获得了出国进修的资格!命运突然给了他巨大的机会。

钟南山一生沉浮,命运变幻莫测。但从他身上不难发现,他个人的命运无不与国家的命运息息相通。改革开放改变了一代人的命运。

但是，当他满怀期望万里迢迢来到英国，迎接他的却是兜头一盆凉水。新的挫折又开始了——导师要赶他回国。而异族的蔑视和侮辱更令他无法容忍，这是对自己民族的歧视。在人生地不熟的异国他乡，这一次挫折给他心灵造成的伤害超过了以往，至今在他心里都难以平复。

第五章 负笈英伦

这一夜,钟南山失眠了。他想到了中国人为什么这样被人看不起……中国的医学真的不行吗?两千年前我们的祖先就懂得用麻黄来治哮喘,而西方的麻黄素直到二十世纪四十年代才从中国的麻黄中提取出来。明代李时珍治病就已经运用了曼陀罗花……钟南山想得最多的是要为中国人争口气!

一

漫长的"哐当、哐当"声,连绵如时钟似的,火车从日出走到了日落,又从日落走到了日出。钟南山除了学习英语就是看窗外的景色。这是一趟国际班列,横穿欧亚大陆。一路的景色变化无穷,从秋天的落叶纷纷,到冬天的大雪飞舞,从平原与高山到河流与湖泊,从青砖黑瓦的四合院到红屋顶的乡村别墅,从大槐树、白桦树到雪松、梧桐和枫树林,大自然的瑰丽风景让他激动的心难以平静。他一会儿激动,一会儿担心,一会儿感觉到了疲倦,心情复杂难言。感觉最强烈的是自己肩负着祖国的重托,此行一定要学有所成。

1979年,钟南山参加国家外派学者资格考试,他的英语考了52.5分。原以为自己没有希望了,那一年英语及格线是45分,钟南山意外获得了赴英国爱丁堡皇家医院留学两年的机会。

他们是一批幸运儿。国家刚刚进入改革开放时期,百废待兴,高考刚恢复,又开始向国外派遣留学生了。钟南山是中国向英国派遣的第一批留学生。他的喜悦溢于言表,甚至比当年考上大学还要兴奋。这一年他43岁了,在留学生中算是年龄偏大的,但他似乎又回到了青春的岁月。他下了很大的决心参加了考试,他强烈渴望去海外学习先进的医学技术。

这一代人被"文革"耽误了太长的时间,钟南山恨不得马上就能出发。他先去厦门鼓浪屿看望了在舅舅家休养的父亲,与他告别。回来广州收拾行装,考虑到国外物价昂贵,他购买了大量的日常生活用品,又做了两套西装。出发这一天是10月20日,恰好是他43岁生日。为了节省经费,钟南山选择了坐火车。

他从苏联、波兰、德国、荷兰一路到了英国,坐了整整9天火车。和他结伴同行的留学生,有搞原子能的,有搞航空的,有搞数学的,一行16人。

火车从内蒙古草原进入苏联西伯利亚,窗外出现的湖泊,湖水蓝得发黑。大地时而平坦辽阔,草原一片枯黄;时而高低起伏,山脊线悠长而舒缓。天气越走越寒冷,天空开始飘起了雪花。

莫斯科到了,这是钟南山最激动的时刻。这里不仅有他妻子流下过的汗水,也有他青年时期的梦想。他的偶像保尔·柯察金让他喜欢上了这个国家。这里就是许多苏联小说描绘过的地方。

他对这片土地有过太多太漫长的想象。这想象陪伴了他的少年、青年。

火车在莫斯科停留半天,同伴们一商量,决定一起去红场看列宁墓。这可是千载难逢的机会。

列宁墓就在红场。花岗岩石块铺的广场,三面都是古老的欧式建筑,北面是俄罗斯国家历史博物馆,南面广场中,圣瓦西里大教堂洋葱式的尖塔如火炬般高擎,从那里出广场可以看到莫斯科河。东面是国立百货商场。西侧是克里姆林宫,从红墙上看得到宫内的三座高塔。列宁墓就在宫墙下,宽厚的底层,低矮的塔座,红色大理石的墙面与黑色分隔带……

这一切既熟悉又陌生。他用俄语跟苏联人交谈,来到克里姆林宫大门口,在莫斯科河边迈步,想象着红场发生的一个个历史事件……一切都不真实了。

火车即将进入西德时,要求所有乘客下车接受检查。钟南山和同学们带的行李实在太多了。为了出国省钱,他们连手纸都带来了。现在,要把大大小小的行李全都搬下车。行李架上、卧铺底下一个个塞满的行李包被拖出来了。警犬跳上车来逐个逐个地闻。

德国警察查私带海洛因的人。留学生带了大量洗衣粉。白色的洗衣粉被误以为是毒品,他们当即被扣下。大包行李被警察拖下了火车。一个个行李袋打开了,一包包洗衣粉撕开了。警察用德语一遍遍问,用手沾了洗衣粉捏、摩,又放在鼻子底下闻。眼看火车就要开了,他们没谁会说德语。情急之下,钟南山用英语怯怯地说了一句"洗衣粉"。警察听明白了,皱了皱眉,这才放他们上车。

从西德再到荷兰,这是一个水乡泽国,平原上到处是风车和牛羊。坐船渡过英吉利海峡,10月28日,他们到达了伦敦,见到了中国驻伦敦大使馆的工作人员,顺利抵达了目的地伊林学院。

留学生先要在这家学院进行3个月的英语培训。钟南山与一位搞原子能的留学生,住进了英国一位老太太家里,与她一起吃住。

在伊林学院,他们首要的任务是过语言关。这对一个43岁的人来说是一件很困难的事情。钟南山大学主修的是俄语,英语是自学的,父母成了他的老师。他学习英语,先练习英语听力,反复听磁带,有泛听,也有精听,边听边写,写了几打笔记本以后,他的听力慢慢好起来了。最关键的听力解决后,他觉得其他的就好办了。

他用英语给父亲写信,每天写一封。父亲对他的英语要求很苛刻,收到儿子的信都会在信上密密麻麻修改,指出其中的语法错误、用词不当,用红笔一笔一画修改过来,他勾出结构规整、行文流畅、表意准确的句子，有时在一旁标注上更地道的说法，然后与他的回信一起寄给钟南山。钟南山在英国两年，父亲一直这样每封信都认真批改。

钟南山在与我长谈时，说起他一生之中，压力最大的时期不是"非典"时期，而是在英国留学时所面对的困境。我问到具体缘由时，他脸上的表情露出了少有的凝重，内心涌起一种强烈的情绪，事情已经过去几十年了，他似有一种隐痛仍然没法完全淡忘。他说，那是英国人的傲慢与偏见，他用到了"嘲笑与侮辱"的字眼，就像今天CNN的主持人卡弗蒂说的一样，"是对华人的傲慢与侮辱，没把中国人当人"。

"他们不了解中国，不了解中国也有自己的医学，他们看你，就像看刚从丛林走出来的原始部落一样。有一个从巴西来的医生，因为受不了这种蔑视，气得跑回国了。巴西的医学并不落后，但在他们眼里就跟原始社会一样。"

"我不能回去，我回去没办法交代。我是我的祖国派我来的，原定好在这里学习两年，结果面还没见，人家就写了一张条，要我8个月就走人。这对一个第一次走出国门、人生地不熟的人来说，压力有多大，你难以想象！"

从钟南山走过的道路来看，他总是在逆境中奋起，走向成功。人生的每个阶段都给了他不同寻常的压力。他谈到一个人的成功时,说:"现在讲智商、情商,我看还有一条就是抗挫折商——挫商。"现在我们进行创新型国家建设,创新也就是克服常规,创新时时遭遇失败,人要经得起挫折。

刚到伦敦不久,钟南山的指导老师——英国爱丁堡大学附属皇家医院呼吸系主任弗兰里教授就给他写了一封回信:"……按照我们英国的法律,你们中国医生的资历是不被承认的。所以,你到医院进修不能单独诊病,只允许以观察者的身份查查病房或参观实验室。根据这个情况,你想在我们这里进修两年的时间太长了,最多只能8个月,超过这段时间对你不合适,对我们也不合适。你要赶快同英国文化委员会联系,考虑在这里8个月后到什么地方去……"

钟南山人还没到,老师的忠告就到了,像一盆冷水浇得人透心凉。他在伊林学院热心地联系老师,老师的回信却如六月飞雪。

1980年1月6日,苏格兰天寒地冻,雪花夹带着冷雨在天地间飘,这里似乎比伦敦阴冷多了。钟南山永远记住了这个日子。他在雨雪中一路向北,从英格兰经过长途跋涉来到了苏格兰的爱丁堡大学,找到了爱丁堡大学附属皇家医院呼吸系,又找到了弗兰里教授的秘书艾丽丝太太。上午9点30分,艾丽丝太太带着他走进了弗兰里教授的办公室。

弗兰里坐在办公桌前，身子微微发福，圆脸大眼，看起人来目光如炬，他的傲慢与居高临下的神态也毫无掩饰地随目光压过来。他慢慢转过身，以一种奇怪的眼光看着走进来的钟南山，以拒人千里之外的口吻说："你想来干什么？"

钟南山恭敬又谦和地说，我是来搞呼吸系统研究的。

弗兰里脸上有着丰富的表情，他脸上掠过一阵微妙的笑，口里不冷不热地说："你先看看实验室，参加查看病房，一个月后再考虑该做些什么吧。"

话到这里，再待下去，钟南山就有些不自在了。自己这么远赶来，在国内拼命复习迎考，参与竞争，出国前又参加英语集训，临出远门了，家里两个孩子还小要人照料，妻子咬牙硬说不要他操心，让他安心出国进修。

千难万难终于到了学习的地方，与老师的第一次见面几分钟就被打发了！他来的目的是学习国外先进的医学。难道这一切都因此而化为泡影吗？！钟南山跟教授道别的时候，心里像被什么东西击了一下，血往上涌，心里有一股难言的抑郁，一直向着脑门顶冲来，让他身子一紧一紧，呼吸都急迫了。

这一夜，钟南山失眠了。他想到了中国人为什么这样被人看不起？我们真的就那么无知？中国的医学真的不行吗？两千年前我们的祖先就懂得用麻黄来治哮喘，而西方的麻黄素直到20世纪

40年代才从中国的麻黄中提取出来。明代李时珍时治病就已经运用了曼陀罗花，这些阿托品类药也是从中国传出去的。

这个不眠之夜，钟南山想得最多的是要为中国人争口气！想到8个月就要离开，他要在这期间证明自己的能力！他的血从来都是热的，他的骨血中有着常人少有的倔强！中国人不能被人歧视！

二

然而，事情得从最细微的地方做起。

歧视是无处不在的。钟南山到纤维支气管镜室参观英国医生做纤支镜检查时，主任瑟特罗就问他："你们那个国家有这种设备吗？"钟南山谦虚地说："有。"瑟特罗边做检查边得意地说："我已经做过300多例了。"钟南山做过1500多例，但他没有吭声。他知道自己说了对方也不会相信。

有一次在胸科查房，钟南山遇到了一位患原发性心脏病Ⅱ型呼吸衰竭顽固性水肿的病人，英国医生已对他用了一周的利尿剂，但病人的水肿并未消，生命处于垂危中。

参加巡查病房的医生针对这一情况都在发表意见，许多医生主张继续增加一般性的利尿剂量。钟南山在这时提出了自己的看法，他认真看了病人的病史，又运用中医辨证的观点观察了舌象，发现病人舌面干燥，无苔，深红，他判断病人为代谢性碱中毒！他提出改用酸性利尿剂治疗，以促进酸碱平衡，达到逐步消肿的目的。

有人说他是武断，光凭视觉就判断病人是碱性中毒，一派胡言；还有医生说，如果贸然使用酸性利尿剂，有可能加剧病人呼吸的紊乱，导致死亡。

弗兰里这时陷入了深思，他不时用眼光看一看钟南山，在他眼里，这是个很有信心与执着的中国人，他的目光变得有些复杂了。他指示给病人做血液检测。检测结果出来了，病人的确是代谢性碱中毒。弗兰里毫不迟疑地说："按照中国医生钟南山的治疗方案办。"

连续三天，病人服用酸性利尿剂后，病情出现了好转，到第四天，患者中毒症状全部没有了，水肿也在消退，通气状况也随之改善。

这一件事让英国人改变了看法。他们开始重新认识中国医生。瑟特罗教授友好地对钟南山说："看来中国对呼吸衰竭疾病真有点研究啊!"

仅有这些对钟南山是远远不够的。他不能忘记自己来这里的使命,他是代表自己的祖国来学习的。他不仅仅要证明中国人的能力,还要争取留下来多学习一点别人的医术。

为此,他白天参加查病房,参观各种实验室,晚上就一头扎进资料室里学习基础知识。他从资料里找寻对自己有用的东西,他发现了一个呼吸生物实验室关于一氧化碳对血液氧气运输影响的项目,这个项目与他的呼吸疾病研究有关,而且这也是弗兰里教授期待开展的项目。他思考了一会儿,觉得这是个契机,他要把这个项目做出来。

两周的时间,他不分白天黑夜都在忙碌,终于拿出了一份"一氧化碳对血液氧气运输的影响"的实验设计。弗兰里对这个中国医生主动做工作的精神有所触动,看过设计后,他难得露出了笑容,他对钟南山说:"我们想到一块去了,你就好好干吧。"

正当钟南山找到一个着力点,准备大干一场时,却发现实验必不可少的血液气体平衡仪是坏的,早已经闲置达一年之久了。医院只好等拨款后去买一台新的。钟南山的实验要靠它来标定氧电极的数据。他哪有时间等啊!他围着设备转,逼到这个地步,他想试试自己能不能把它修好。

1979年,43岁的钟南山在英国实验室做研究

他从自己身上抽出了800毫升的血,在仪器上进行测试校正,反复30多次后,仪器终于可以用了。实验室主任沃克十分高兴,他说钟南山给我们省下了3000英镑。一个叫摩根的医生很好奇,问钟南山在国内修理过血液平衡仪没有。钟南山告诉他,他是在皇家医院才第一次看到这种高级仪器。摩根医生感叹道:"中国人真是不可思议!"

更让人不可思议的是钟南山为了画出一条完整的曲线,要用自己当实验品,吸进一氧化碳。在重要的关头,钟南山从来就是敢于拼搏的。"非典"时期是这样,抗击新冠肺炎疫情时也是这样,他总是临危受命,置生死于度外。

对于科学事业,他有着献身的精神。因为他一生中有着一个信念,那就是一个人对社会要有所贡献,不能白活。这是他父亲教给他的话,也是他最尊重的父亲给予他最大的精神遗产。他父亲就是这样做人做事的,一生都在悬壶济世。这成了他们家族的人生信仰。

他叫来医院的同行,向他体内输入一氧化碳,同时不停地抽血检测。他血液中一氧化碳浓度达到15%时,医生和护士都叫起来了:"太危险啦!""太危险啦!"他们要他停止。钟南山这时就像连续吸食了50到60支香烟,脑袋开始晕眩。

钟南山摇着头,一脸的刚毅与坚决。他不能半途而废,他要在这里做出成绩来，不能给中国人丢脸。他继续吸入一氧化碳，血红蛋白中的一氧化碳浓度在上升着，16%、17%、18%……到22%了，曲线完整显示了，钟南山感觉天旋地转，实验停了下来。在场的医生都被他的献身精神打动了。

为了整理实验数据，3个多月，钟南山都工作在16个小时以上。他每个月只有6英镑的生活费，为维持基本生活，他不能坐车，只能从住地走路去医院，甚至为了省下理发的钱，他自己学起了理发。他没买过一件衣服，省下的钱他都去买专业书了。当他整理数据累得不行的时候，他就拿出弗兰里在他踏入英国时写给他的那封信看一看，他是一个自信又自尊的人，这封信时时都能让他振作起来。

他终于完成了研究的课题，而且对支气管疾病进行了实验观察，紧接着，又找到了新的研究工作。

三

爱丁堡的寒冬早已过去了。春天迟迟到来，万物开始复苏，来自北海的风带来了大地上花草的芬芳,海湾的气息偶尔夹带了一股咖啡和牛奶的香。钟南山感受到了这个春天这座城市美好的气息。他终于可以用平静、柔和的目光来打量周围的世界了,五官可以正常感受异国都市的色香味了。

春天的生命就像喷涌的泉水,在那些被冰雪冻得光秃秃的枝丫上挂上一道道绿色的瀑布。英伦三岛的风景的确有着自己独特的魅力,充满了异国情调。听到苏格兰风笛的声音,他真想吹一吹黑管,抒发一下自己的心情。

弗兰里教授的第二封信由艾丽丝太太递到了他的手中。信中写到皇家空军代表和苏格兰医学理事会主席下周要来参观他们的实验室,这次参观关系到能否争取到一笔可观的建造实验大楼的财政经费,弗兰里请他当天去进行各种因素对血红蛋白解离曲线影响的演讲。

一个傲慢的人终于开始相信东方人了,他把自己的赏识给予了钟南山。钟南山一颗紧缩的心终于舒缓下来。他决心做得更多、更好。

转眼就是夏季,爱丁堡阳光灿烂,海风轻拂。5月15日下午,弗兰里教授来到实验室专题考察钟南山的研究。钟南山从容不迫地展示了一氧化碳对血红蛋白解离曲线影响的实验。

弗兰里教授曾在5年前运用数学推导的方法,得出了一氧化碳对血红蛋白氧气运输影响的演算公式,这一成果发表在英国医学杂志上,是一篇很有价值的论文。

钟南山的实验证实了弗兰里推导的演算公式,而且还发现了他推导公式的不完整性。钟南山认为弗兰里的推导方法只注意了血红蛋白曲线位置变化,却忽略了血红蛋白曲线形状变化,而这才是最主要的。

弗兰里被眼前这个中国年轻医生镇住了,他感到惊讶。他突然一把抱住钟南山,冲动地说:"太棒了,你证实了我多年的设想,还有了新发现。我要尽全力推荐你给全英医学研究会。"

随后,他又望着钟南山,认真地说:"看来我们有非常好的合作前景,希望你留在我的实验室,时间越长越好!"

弗兰里是那种说到做到的人。他真的推荐了钟南山去参加全英医学研究会议。为了让钟南山获得通过,他在一个晚上专门为钟南山安排了一个"啤酒讨论会"。

这种一边喝啤酒一边听报告、无拘无束开展讨论的形式,为西方学术界乐于采用。第一次参加这样的讨论会,钟南山心情十分紧张。这个"啤酒讨论会"也决定着他的论文是否能够通过,他能否取得参加全英医学研究会会议的资格。

弗兰里安排报告会,用意是为了让钟南山参加全英医学研究会会议做准备。钟南山在一种轻松的氛围中演讲,第一次在外国同行中做报告，用的又是英文，但他成功了。报告赢得了呼吸系、麻醉科、内分泌科的全体医护人员的掌声，许多人热情地向他祝贺。

一位叫卡弗里的医生，是弗兰里教授的高级助手，平日他是一个沉默寡言的人，曾经钟南山想要他介绍一下弗兰里教授的研究工作，他只是沉默以对，唯一的一次交谈是在喝咖啡时的偶然相遇，没聊几句，他就走了。

这天晚上，钟南山回到实验室整理当天的实验数据，卡弗里特意来到实验室向钟南山祝贺。他敲开门，握着钟南山的双手，激动地说："钟医生，太棒了。你的报告让我弄清了一些模糊的概念。你有很多新发现，前途无限。我诚心为你祝福！"

这年9月，钟南山在全英医学研究会会议上宣读研究报告，立即引起极大反响。10月，他被邀请到奥地利首都维也纳参加欧洲免疫学会议。伦敦大学附属圣·巴弗勒姆医院胸科主任戴维教授听了钟南山的报告后，非常热情地邀请他去圣·巴弗勒姆医院合作，共同进行对哮喘病疾病介质的研究。

四

1981年夏天，钟南山决定提前结束在爱丁堡的研究工作，去圣·巴弗勒姆医院继续新的研究工作。这一天，他去向弗兰里教授告别。弗兰里头一天去美国开会了，晚上，他来到教授家，正准备按门铃，门在这时打开了，弗兰里太太跑到门口来迎接他。

钟南山看见大厅里坐满了人，呼吸系、麻醉科、放射科的医生护士都到弗兰里家来了，餐桌上摆满了菜肴和香槟。钟南山愣住了，以为他们在开酒会，他不好意思地向弗兰里太太说："我来的不是时候，打扰您了。"

弗兰里太太拉着钟南山的手，笑呵呵地说："今晚派对是为你准备的呀，快进来，我们一起干杯。"

到处是笑容，到处是欢声，像夏日里玫瑰绽放，芳香袭人。这是一种真挚的友情，钟南山被感动了。来英国16个月的时间，他尝尽了人生的酸甜苦辣。这一晚他百感交集。他向着大家深深鞠躬。

他的手中有心脏科主任米修斯、计算机室主任布拉什送给他的苏格兰挂画，有呼吸系副主任瑟特罗送的一条手链，特意说明是给他太太的，教授夫人给钟南山的孩子送上了书籍和玩具……大家一起举杯，祝福钟南山，祝贺他在医学上取得的成就。

钟南山来到了伦敦，来到了旧城区的圣·巴弗勒姆医院，又开始了他新的研究。

一个多月后，他突然接到了一个电话，是全英麻醉学术研究会邀请他去做报告。为什么麻醉学术研究会请他去做报告呢？他想起了在爱丁堡研究人工呼吸对肺部氧气运输的影响时，发现他的实验结果与牛津大学雷德克里夫医院麻醉科克尔教授在一篇论文里研究得出的结论完全相反。

克尔教授是英国麻醉学的权威，这篇论文发表于5年前，广为人知。难道是自己错了？

面对学术，钟南山是一个认真的人，他敢于追求真理。于是，他又几次去实验和测定，依然证明他是对的。钟南山毫不犹豫地提笔写出了论文《关于氧气对呼吸衰竭病人肺部分流的影响》。

这篇论文他在皇家医院麻醉科做过一次小小规模的报告，随即引起争论。有人说他大胆狂妄。只有麻醉科主任杜鲁门教授听后陷入了深思，他觉得这是一篇很有价值的论文，他应该将其推荐给全英麻醉学术研究会。

1981年9月6日，钟南山早早就起床了，他走在多雾的伦敦街头,特别兴奋。圣·巴弗勒姆医院周围都是19世纪的古老建筑,远处的圣保罗教堂,高高的塔楼也在浓雾中呈现出剪影一般的塔尖。西方以它逻辑严密而创造的文明,影响了整个世界,从这座教堂设计上运用数的概念与标准的几何造型也可看出它的严谨。

钟南山想到了自己的论文,对它的严密性他又进行了一番内省。在思索中他来到了车站,他要赶80公里路到剑桥去参加学术会议,去向英国麻醉学的权威挑战。他要把一个东方人的发现带到那里,把正确的结论告诉世人。他自己也要经受检验,甚至是批评。

他心里闪过种种念头,是不是自己太不自量力了?但真理若在,又何惧争论?搞学术研究不就是为了不断地探索真理吗?管他什么权威不权威,科学只承认真理不承认偶像。

五

令他感动的是,杜鲁门教授提前一天到了剑桥,特地来车站接他。他带着钟南山做了环城游,想让钟南山放松心情。

下午的报告会,杜鲁门坐在下面,也一直不忘向他投来信任和鼓励的目光。钟南山侃侃而谈,他在英国已经有了自信心。他用幻灯片把克尔教授论文的主要论点打出来,然后以自己的实验作为根据,表述了完全不同的观点。最后,他把自己对氧气极校正所描绘的曲线在幻灯片里打出来,进一步证明克尔教授理论的错误。

会场的专家被这个中国年轻人的发言惊呆了!先是一阵沉默,接着变得骚动。他们互相交换意见,议论着钟南山的观点。这时,克尔教授的3个高级助手连珠炮一样提出了8个问题。有备而来的钟南山用自己的实验数据和严密论证,逐个做了回答。

按会议规定,钟南山的论文是否发表要参加会议的常委当场举手表决。表决的时候,全场安静下来了,常委们一个个举手,在科学面前他们的手举得高高的,一个也不少。

会议主持人、英国临床研究中心麻醉科主任勒恩教授最后发言,他说:"在我们实验室里也做过类似钟医生那样的实验,虽然还没有来得及总结,但总的结果和钟医生今天的结论基本一致。我认为这位中国医生的研究是创造性的。我衷心地祝贺他的成功!"

钟南山走下讲台,他听到了几位专家在惊叹着:"他来自中国。""他是中国医生。"这一刻,钟南山为自己的祖国感到骄傲,为自己作为一个中国人赢得了应有的尊重而深感自豪!他内心涌动着一股情绪,眼睛有些潮湿。这一路走来,真的不容易!在留学的两年时间快要过去的时候,他觉得自己没有浪费这宝贵的光阴。

钟南山在经历抗"非典"特殊时期时,曾经对记者说:"我中学老师说,人不应该单纯生活在现实中,还应生活在理想中。人如果没有理想,会将很小的事情看得很大,耿耿于怀;人如果有理想,身边即使有不愉快的事情,与自己的抱负相比也会很小。"一个人要是没有任何理想和追求的话,那他的喜怒哀乐就完全跟物质的东西相关。假如他有追求的话,其他东西就会变得很次要,那么他的韧劲就会很高,不管遇到什么困难,他有什么问题,都会朝前走。

这段话再加上他勇于追求真理的坚毅与诚实品质,为钟南山的拼搏人生找到了最好的答案。

有理想的人,往往也是一个人格高尚的人。

第六章

耿介之士

钟南山是岭南知识分子最典型的代表,对人和生命有着最纯朴的理解,对事业和生活有着最单纯的热爱与赤诚。岭南多耿介之士,因为这片土地凝积了厚重的务实精神。

钟南山在新冠肺炎疫情时期有一张网传很广的照片，是他接受新华社记者采访的视频截图。他讲到武汉人唱国歌，相信武汉能够过关，武汉是一座英雄的城市时，钟南山两眼噙泪，嘴唇紧紧抿成了一道弧线。"非典"时期最艰难的时候，他都没有在公众面前流过眼泪。这张照片把钟南山刚毅与深情的两面展露无遗。

如果研究钟南山内在的精神气象，会发现他性格中相互对立的双重性。

所谓医者仁心，医者乃学者，需要的是严谨，坚毅的意志去攀登医学高峰，而仁心则需要一颗慈爱之心。钟南山就是二者完美的结合。他的性格就是双重的对立统一，智慧与拙朴、硬朗与宽厚、坚毅与脆弱、不屈与妥协、尊严与随和、铁面与柔情……前者更多表露在他那张坚毅的脸庞上，后者却深藏于内心。

钟南山是岭南知识分子最典型的代表，对人和生命有着最纯朴的理解，对事业和生活有着最单纯的热爱与赤诚。岭南多耿介之士，因为这片土地凝积了厚重的务实精神。钟南山除了务实，他的耿介还表现在一股不服输的倔强脾气上。性格即命运，他的命运的确留下了性格烙下的重重一笔。

钟南山的家安在单位一栋外墙水泥粉刷的旧房改房中，连电梯都是后来加装的。房间不大，室内是老式家具，又笨又大的布沙发上满铺花布，空调是老旧的机型，天花板悬挂吊扇，墙上挂满镜框，桌上用奖杯来装水果。因为家里小，摆的都是钟南山和孙子的东西，妻子的只能收起来。在他家门框一角还有一颗长铁钉，这是他"非典"时期病倒时，自己给自己打吊针留下的纪念。一进房就有一种扑面而来的年代感，一种时间错位感。屋主对物质生活的淡泊可见一斑。

钟家人聚在一起，谈的是医疗，讲的是学术追求，从来不谈钱。钟南山连自己的工资是多少也不知道。

他教导子女：第一要永远有执着的追求，第二是办事要严谨，要实在。看事情，或者做研究，要有事实根据，不轻易下结论，要相信自己的观察。钟南山一生记住的是父亲对他的期望——一个人对社会要有所贡献，不能白活。这句话成了他们家庭的信仰。

80岁后他觉得自己慢慢懂得了父亲，觉得自己初步实现了父亲的愿望。但他还不满足，两年前，对着父亲的像他动情地说："爸爸，我还有两项工作没有完成。只有这两项工作做好了，才

2020年1月28日,钟南山就疫情接受新华社专访,说到武汉,他眼含泪水:"武汉本来就是一个英雄城市。有全国、有大家的支持,武汉肯定能过关!"

是真正地达到了您的要求。"

不知道他这两项工作是指什么,是否已经做好。如果猜测,不能离开他的医学事业,搜寻了他正在投入去做的工作,发现有三项:第一个是促进呼吸中心全方位建成,据说非常艰难,需要通过大家的努力,想办法才能做成;第二个,他研究了近30年的抗肺癌药,希望把它做成,听说已经走过了大半路程;第三个,他希望推动慢性阻塞性肺病的早诊早治,形成一个全国性,乃至世界性的治疗行动。两项工作是不是包含在上面这三项工作中呢?

现在,就凭他参加了抗击新冠肺炎疫情,他也足可以自豪地告慰九泉之下的父亲:儿子达到要求了!他为中华民族奉献的不只是危难时期国家和人民的转危为安,还有他宝贵的精神财富。

钟南山的家有两大特点:一是运动器具多,有跑步机、单车、拉力器、单杠、哑铃;二是书多。这充分体现了钟南山的两大爱好——医学和体育。这两者也成了他家庭最自豪之处:一是医生世家。父亲钟世藩是儿科专家,母亲廖月琴是高级护理师。儿子钟惟德子承父业,早已当上了主任医师、博士生导师。二是体育之家。妻子李少芬曾是篮球明星,担任过中国篮球协会副主席,在1963年亚洲太平洋新兴国家运动会上,作为中国女篮副队长,她随中国队出征;女儿钟惟月是优秀蝶泳运动员,1994年打破了短池游泳的世界纪录，获得过世界短池锦标赛100米蝶泳冠军；儿子钟惟德也是医院篮球队的"中流砥柱"；钟南山本人则在首届全运会上以54.4秒的成绩打破400米栏的全国纪录！1961年，钟南山还获得了北京市十项全能亚军。钟南山高龄之下抗击疫情的毅力与体力都能从这里找到答案。他奔走于各地之间，两脚仍然生风。

钟家墙壁上挂着一幅字："敢医敢言"。这是4年前别人送他的。这4个字无疑道出了屋主人的风骨。敢医敢言在"非典"时期是这样，17年后，新冠肺炎出现时同样是这样。岁月并不能磨去他的风骨。敢医敢言就是他的天性，也是"一个人要说真话，做实事"的钟南山用一生践行的家风。

钟南山今年84岁了，他一生都在追求，他一生都没有浪费。他至今仍然天天工作到很晚，双休日则安排工作会议，他从来没有休过假，从来没有陪同妻子旅游过。他不是忍耐坚持，而是在做自己最开心的事——他开心的时刻就是病人治愈出院的时候，他从病人的喜悦中找到了自己人生的价值和快乐。

回看钟南山的人生，他遭遇的挫折或者坎坷非常之多，远多过常人。恰恰是这些挫折，让他一步一步走向成功。挫折对失败者而言是个灾难，对强者或成功者而言，多大的坎都会成为谈资。

新型冠状病毒的气焰下挫了，国内疫情快要过去了，绝大部分省新增确诊人数都是零。各省驰援湖北的医疗队完成任务后正在一个个班师。曙光已经出现。目前又进入了"外防输入,内防反弹"的阶段……

这一切,让人由衷感到,中国有一个钟南山,这是我们这个时代的幸运!

后记

钟南山是值得书写的。他活着就已是一个历史人物了。写作者有责任记录他,写好他。他的所作所为,将成为我们民族的精神财富。他的出现,是我们时代的幸运!他也将是一个时代的记忆!

庚子鼠年将是中国历史悲伤的一页,也是世界历史悲伤的一页。这个悲伤将永远流淌在人类历史的长河中。

这一年,国人都在筹划着怎样过大年时,谁也想不到武汉出现的几个病人,在媒体遮遮掩掩的新闻里语焉不明,但突然间就变成了一件天大的事!一个从潘多拉魔盒跳出来的魔鬼,它的魔影迅速笼罩了大地,人们连家门都不敢出了,到处是封闭、隔离,从城市到乡村,从中国到世界,遍及中国的每一个家庭,波及了全球。近乎痴人说梦的一幕在庚子年春节发生了!

庚子年我在广州过春节。有亲戚远从湖南来团聚。初二安排去外面吃饭,午餐订在"炳胜",晚餐订好了"头啖汤"。这都是粤菜做得很地道的酒店。"头啖汤"生意火爆,晚餐分成两批,我们订了第二批。腊月二十九下午要赶去交订金、点菜。我和太太一出门,气氛陡然间就紧张起来了——地铁入口测起了体温,人人戴上了口罩,大家话也少了。这一天正是武汉封城的日子。太太见这个阵势有些惶恐,问我要不要回去开车。想着市中心停车困难,我还是硬着头皮进了车厢。

我们家连口罩都没有准备。我以为武汉疫情虽紧，但相距遥远，当年"非典"在广州发生，我们也不曾紧张，该干什么干什么，一直没有戴过口罩。那时广州大街小巷戴口罩的人也不多，我们还嘲笑北京人戴口罩，是胆小鬼。记得那时李国文先生从北京飞来广州，下飞机时他把自己封得严严实实，看到广州人那么淡定，戴口罩的人没有几个，他不好意思地自己摘下了口罩。为何这次如临大敌？在我的想象里，这个疫情了不得跟"非典"一样吧。"非典"时期，我们什么也没有买过。

回到家里，各种信息铺天盖地。晚上在女儿的要求下，我取消了订餐。餐厅二话没说，反倒说可以理解。从此，我就被封在了楼上，不再轻易出门了。女儿每天举着额温枪给全家测几次体温。我的体温时高时低，我以为女儿是看书看剧太多的原因，引得她大惊小怪。我一直想疫情怎么搞得比"非典"还严重呢？

楼下街道偶尔走过一两个人。不免引人猜测或是感慨。每天看到那位清洁工在垃圾站默默地清理。世界安静得只有风雨声。到了夜深时分，一只猫总在楼顶叫上一阵，叫声十分凄厉，让人悒惶。这里可是广州的中心区天河城啊，别说节日，平日里都是人潮涌动。是大家更加珍惜生命了，还是情况比"非典"还严重了？

大年三十我给父亲打电话，他说村里没人放烟花爆竹，往年家家都是比着放，烟花燃红了夜空。老家习俗，天一黑，小孩成群结队打着灯笼挨家挨户讨糖果饼干和送新年恭喜，今年出门的小孩一个也没有。

往年大年初一，全村人集体出动，挨家挨户拜年，特别是要给老人拜年，路上拜年的人络绎不绝。今年拜年的人也没有了，村道上空空荡荡，户户大门紧闭。随后，进村的路也封了。

年初六是老家建村60周年大庆，第一次搞村庆，连尔居人筹备了半年，征集老照片，请了最好的花鼓戏班子。村人热爱花鼓戏，改革开放伊始，他们第一个自己扎台，自己唱戏，为首者第二天就被抓了。这一次要热热闹闹大搞一场。奈何却遇上了疫情！也不得不停办。我的发小给我打电话，说到他给舅舅拜年，只是站在地坪隔着门窗喊一声"拜年"就走了。舅舅怕开门，外甥也怕进门。

屈原管理区封了路，各村封了路，所有人都自我禁闭。这恐怕是战争年代也难见到的一幕。敌人无影无形，只在人的想象中，但人却真实地倒下了，处处满布危机。

一天晚上，我特意开车出门，从广州塔走猎德大桥，穿过广州的CBD珠江新城，再到珠江北岸，走进五羊新城，再拐上广州大桥，四处灯火璀璨，火树银花不夜天，夜景绚丽至极，也寂寥至极。有几次红绿灯前只有我的车停下，开走。街上行人屈指可数。几家便利店、快餐店开着门，五羊新城有一家酒庄亮着灯，店里都只有一两个营业员，没有顾客。一辆辆公交车上不见一个乘客，车站也没有人影，司机仍在一个站一个站地停车，开车。一种怪异感、魔幻感、凄清、空旷而奢华。最明亮的迷茫，最繁华的悲凉，我忍不住要放一点音乐。想到马尔克斯的《霍乱时期的爱情》，多少年前读它，现在想起来有了很不一样的感受。

疫情在不断发展，形势越来越严峻。新冠肺炎至今无药可治，传染性极强，只有早发现、早隔离才是防止大规模扩散的唯一办法。这是一场真正的人民战争！各地纷纷启动了重大突发公共卫生事件一级响应。

也许因为没有硝烟，我们不觉得这是一场战争，但只要想一想，即便较大规模的战争爆发，它对14亿中国人日常生活的影响恐怕也到不了疫情暴发这样的程度。在这场疫情中，几乎中国的每一个家庭，每一个个人，生活与行为方式都发生了截然不同的改变，中国进入战时状态不是形容，而是事实。

全球化时代，最先关心我安危的是国外的汉学家、翻译家。意大利的费沃里·皮克发来信息，问我在哪里，情况怎么样。她说她在家天天看新闻，本来要来中国，机票都买好了，意大利外交部不让去，航班全部都取消了。她希望我经常报平安。

德国的郝慕天在微信留言，她担心新冠肺炎危险，查了武汉离我老家汨罗不到300公里，询问我家人的情况。俄罗斯的罗季奥诺夫发来信息，说媒体关于疫情的报道挺可怕的，几次询问我和家人的情况。他在圣彼得堡大学的同事娜塔莎也同时发信询问。

印度的墨普德给我发来中国疫情几天死亡的人数，他坚信中国一定会像凤凰涅槃一样浴火重生。匈牙利的克拉拉、伊朗的孟娜、瑞典的陈安娜和伊爱娃、墨西哥的莉娅娜、埃及的米拉和哈赛宁等，都在新年发来了问候。他们大都翻译过我的作品。

想不到的是，一个月后，剧情出现了反转，反过来我要去信关心他们了，为他们的处境感到不安。新冠肺炎疫情全球大暴发了！

令人震惊的是，短短十多天，疫情迅速恶化！3月19日，国外新冠肺炎确诊人数达到163037例，是中国确诊人数的两倍；死亡人数达到6792人，也是中国死亡人数的两倍。4天时间就翻了一番，如此飙升的加速度，将远远超过中国疫情规模。由于文化、观念、生活习俗与体制的差异，在面对传染性如此强大又隐蔽的病毒时，世界尤其是西方恐怕会出现天文数字一样的感染者，"震中"将在一些国家与地区间震荡转移。能够置身事外的国家将屈指可数，甚至无一幸免！

意大利汉学家费沃里·皮克的家乡布雷西亚离疫情最严重的

伦巴第仅有80公里。3月,她在市政府和书店的新书读者分享会取消了。这是她一部写当地华人题材的长篇小说。伦巴第封城,接着北方数省也被封,米兰、威尼斯大街上空荡无人。

接着意大利全国封闭。布雷西亚很快成了病例最多的地方。费沃里·皮克全家隔离在家。她非常担心家里的两位老人和一个孩子。无数关心她的信息发来,让她更加无所适从,心理压力骤增。

意大利疫情急剧恶化,3月19日,新冠肺炎确诊人数达到41035例,当天新增5322例,死亡427人!累计死亡3405人,每天确诊人数、死亡人数峰值和累计死亡人数都超过了中国。疫情严重程度远远超过了武汉。医院停尸房停满了尸体,不得不征用教堂停尸,每半小时就要将尸体下葬一批。伦巴第切内市市长乔治·瓦洛蒂、现代建筑之父维多利欧·葛雷高第感染新冠肺炎去世。巴里市市长安东尼奥·迪卡罗走在实施宵禁的空旷街道上哭了……

3月12日晚,中国抗疫专家组携带31吨医疗物资抵达罗马。罗马街头响起了中国国歌。

全球疫情首先从韩国大邱、庆尚北道特别灾区开始大暴发,其次是意大利、伊朗。一直淡定的欧洲,疫情失控,西班牙、德国、法国确诊人数迅速增加,北欧的挪威、丹麦、瑞典也快速蔓延。美国对欧洲发布了旅行禁令。亚洲的日本、马来西亚、新加坡、菲律宾等国的疫情变得严重。美国确诊人数正在加速，大有山雨欲来风满楼之势，人心惶惶。全世界已有一百多个国家出现了疫情。

意大利、西班牙、捷克、法国、比利时、约旦等国全国封城。日本、韩国、意大利、匈牙利、美国、西班牙、波兰、匈牙利、瑞士、葡萄牙等几十个国家纷纷宣布国家进入紧急状态，有的关闭边境，暂停人员往来。法国总统马克龙表示新冠肺炎是法国近一个世纪以来最严重的健康危机，他宣布国家进入"战争状态"。

伊朗的孟娜，她的国家疫情非常严峻，是中东最厉害的国家，数天内就失控了。3月19日，当日新增1046例，确诊总人数18407例。第一副总统贾汉吉里等十几位高官感染，伊朗伊斯兰革命卫队高级指挥官沙巴尼感染新冠肺炎去世。伊朗军队出动了，清空了全国所有商店、街道和市场。政府决定对所有公民进行筛查。德黑兰到外地所有出入口都设置了关卡，大部分加油站关闭。生物防御演习将在全国展开。2月29日凌晨，中国医护人员带着援助的医疗物资抵达了孟娜的家乡，伊朗的死亡率开始下降。

孟娜在多伦多，我劝她住一段时间，先不要回去。她说她也开始隔离了。她写道："这新病毒正在显示世界各民族的文明和智慧水平。"

德国郝慕天的家乡出现了疫情，也是突然间增加，一时风声鹤唳。她说自己在家翻译，不出门。过几天法院有个口头翻译，到时她会戴口罩。

3月16日，德国关闭了法国、奥地利、瑞士、卢森堡和丹麦边境，禁止口罩、手套、防护服等物资出口，意大利、瑞士进口的防疫物资被德国扣押，引起争议。3月19日，德国新增确诊病例2094例，累计达15320例。总理默克尔罕见发表电视讲话，称抵御新冠肺炎为历史性重大任务，是第二次世界大战以来德国面临的最大挑战。郝慕天告诉我，莱比锡书展已经取消了，汉诺威的展览也取消了，我们担心法兰克福书展也会取消。我的长篇小说《己卯年雨雪》的德文版10月将在这个书展的国际舞台举行研讨会。主办方法兰克福大学孔子学院院长王魏萌（Christina Werum-Wang）、德国东亚出版社社长敦如（Dorothee）与我商量活动安排，都很焦急……

瑞典确诊病例快速增加后，决定停止病例统计，缩小检测范围，声称已经没有可能阻止新冠疫情在瑞典传播，将把有限的资源用于医护人员、已住院患者等高危人群。英国面对疫情则打算什么也不做，让民众自己尝试创造免疫力。他们的举动让世人震惊！

我赶紧去信给瑞典的陈安娜、伊爱娃。陈安娜回复说这个决定很对，瑞典没法检测100万人，所有发烧或咳嗽的人应该躲在家里，不要去医院传染其他病人、医生、护士。有严重问题的当然例外。不要让新冠肺炎传播得太快。太快的话医疗系统会出问题。现在能在家工作的基本上都回家了。她估计将有60%至70%的人会被感染，但大部分人不会太厉害。她和老公是译者，也基本上是隐士，正在努力翻译，不用太担心。两个孩子，老大可以在家里工作，只有老二在餐馆打工，有一点危险。

伊爱娃也证实了情况的确如此，跟英国一样的政策。保护老人和高风险患者。其他人得病，会自然获得免疫力。这就像参与俄罗斯轮盘赌。现在只能靠自己小心了。她感谢我提供的防疫经验，说除了注意安全，另外还要靠运气。

位于日内瓦的世界卫生组织，其新闻发布厅例行记者会再也见不到记者了，从3月13日开始，他们只举行线上发布会，空荡荡的大厅只有发言人和一两个工作人员。世界卫生组织总干事谭德塞当天宣布了欧洲报告的新冠肺炎确认病例和死亡病例继续增长，成为新冠肺炎"全球大流行"的"震中"。此时，新冠肺炎疫情在国际上的蔓延达到了一个"悲剧性节点"！

中国分别由广东、四川、上海、江苏向伊拉克、意大利、伊朗、巴基斯坦派出医护人员援助，与韩国建立了联防联控机制，向更多国家紧急提供了医疗救援物资。

华侨纷纷回国，机票一票难求，有的票价飙升了几十倍。中国境外输入的病例数超过了境内，抗击疫情重点从境内转向了防范境外输入。北京当年抗击"非典"疫情的小汤山医院重又启用。

人类正面临一场百年不遇的全球危机，死亡，经济崩溃，人道危机，人类良知，个人隐私与国家监控，孤立的民族主义与全球化……都将是人类面临的一个个困境，甚至持续恶化的疫情将导致多重灾难，出现骚乱、冲突、战争……危机后的世界将发生极大的变化，世界局势甚至格局将自此改写，我们生活的世界将不再一样。

每天醒来，我第一件事就是看抗击新冠肺炎的报道专栏，前期看的是国内，后期关心的却是国外。初期既为大量感人的事迹落泪，更为疫情不断发展而揪心！随着感染人数呈指数骤增，武汉出现了一个"堰塞湖"。此时此刻，深切体会到了新冠肺炎疫情甚至超过了战争！确诊病人几天连续以每天3000人以上的速度上升，从腊月二十六的291人，到正月二十二就到了68586人，死亡1666人。正月元宵节我期望出现拐点但并没有出现。这比"非典"严重多了。至今感染确诊人数超过了8万，死亡人数超过3000，这是惨痛无比的灾难！我心里不再是担心，而是沉痛！疫情教育了我——灾难伊始，人总是轻视的，直到眼睁睁看着它发展、变化,像梦境似的,从不可能变成可能,直至失控!

无力,哀伤,感动,焦虑……我想写点什么,又犹豫徘徊。突然理解了战争年代弃文从戎的文人。这是一种怎样的无力感。灾难面前文人又有何用!

《美文》杂志执行主编穆涛给我打电话,说他们杂志要推出一个战"疫"专刊,盼望我写篇文章。我实在没有心情写文章,又不好一口回绝,等到第二天才告诉他,因为心境太糟糕,实在动不了笔。两天后,《当代作家评论》主编韩春燕又来约稿,我只能说试试。

冷静想想,灾难面前,我一味地忧心也不行,记录一下这个历史事件,抚慰、鼓励与反思,这都是需要的。这是一件值得做的事情。于是,我给两位主编回话,答应他们写。在我还没有写完这篇《庚子年的疫情》时,广东省作协安排我写钟南山,因为"非典"之后我做过他的专访,多次写过有关他的文章,对他比较熟悉,我便答应再写一篇钟南山抗击新冠肺炎疫情的文章。他是我景仰的知识分子,他不像那些所谓的"公知",从不靠标榜,他活得真实,以自己默默的行动,做了我们这个时代很多人都难以做到的事情。

这篇采访钟南山的文章,在《光明日报》头版和《美文》杂志发表之后,反响很大,被《新华文摘》《散文海外版》等刊物转载，广东作协以及我挂职的江门市委宣传部又安排我对钟南山的事迹再进行深度挖掘和书写，多家出版社、刊物也同时向我约稿。于是，埋头再写。一个多月，除了晚上五六个小时睡觉，一分一秒我都不敢耽搁。我一直与钟南山的助理苏越明先生保持着热线联系。他一直跟在钟南山身边，几乎寸步不离，我一边写一边问，他提供了很多细节，重要的事情也得到了钟南山的印证和解答。呼研所的黄庆晖书记、广医一院中医科张志敏主任等都提供了帮助。

书完稿后，我又在北京采访了中国科学院院士、中国疾病预防控制中心主任高福，中国疾病预防控制中心流行病学首席科学家曾光。去武汉中央指导组驻地，采访了国家卫健委医政医管局监察专员焦雅辉，1月18日她在北京给钟南山等6位专家一一打电话，请他们当天赶到武汉。在湖北省中西医结合医院病房采访了张继先，去她最早发现并报告的新冠肺炎患者家里走访，他们一家都完全康复，谈起治疗的一幕，心情都是欢快的。采访了武汉市金银潭医院院长张定宇。去了李文亮生前工作的医院武汉市中心医院，看了华南海鲜批发市场、火神山、雷神山，到了百步亭社区举办"万家宴"的地方，深入接触了四五十位来自武汉各界的人士。离开武汉前我也被安排做了核酸检测。书稿因此一改再改，甚至在《收获》首发后，还进行了补充修改。

钟南山是值得书写的。他活着就已是一个历史人物了。写作者有责任记录他，写好他。他的所作所为，将成为我们民族的精神财富。他的出现，是我们时代的幸运！他也将是一个时代的记忆！

我不造神，不想神化任何人，人都是一样的，都有七情六欲，都有自己的缺陷，我只把他当普通人来写。但人与人相比，确实有高低，有的人令人高山仰止，有的人唯利是图、蝇营狗苟，有太多小人和恶人当道，正因为如此，钟南山的出现才显得珍贵无比。

两次疫情都在他年事已高的时候出现，都如此凶险。竟然都是他一次又一次出征。看到他84岁还如此操劳，关在家里盯着电视看，我感到羞愧、不安。这个事情本身就值得反思。

相比"非典"，与新冠肺炎疫情，17年之间，到底我们哪些方面进步了，哪些依然如故，重复着类似的"剧情"，发生着同样的悲剧。如何保证若干年后，这样的"剧情"不再上演？如果没有钟南山，我们是否能够做得更好？或者相反？！

钟南山面对镜头，讲起李文亮时哭泣的时候，我想到了17年前他的遭遇。他才是李文亮真正的知音，有许多的感同身受。但比起李文亮来，钟南山当年的处境不知要艰难多少！"非典"时期，我在《羊城晚报》当编辑，很多事情是亲历，甚至无须采访。批他的人，凶狠的表情我至今记忆清晰。在那个时候，我就感受到了他的压力,一般人将是难以承受的。

经过漫长的17年,依然还有类似的悲剧发生!这本书我特意把李文亮的事件与钟南山"非典"时期最艰难的日子写在了一起。时间可以隔开两件事情,但写作却能把时间抹去,让他们走到一起,然后,我们看到——时间的真相,历史的真相。

让人感到欣慰的是,我们的国家强大了,人民团结,爱国热情和民族凝聚力空前高涨,人们的使命感从没有像现在这么强烈。各级政府和社会力量在灾难面前被迅速激发调动,行动之迅速,上下之同心,官民之一致,爆发出了惊人的力量。中央一声令下,地不分南北,人不分老幼,全体都行动起来了,以小时为计,就把最高决策和部署贯彻落实到中国社会的最基层。国家应急应变能力之强大,尤其中国体制优势在危机面前表现得如此淋漓尽致,足以形成强大的震撼与震慑力。这是民族的力量和希望,也是中国崛起最重要的保证。相比国外疫情的应对与处理,更加彰显出了国家的治理能力与民族特性和凝聚力。伊朗的汉学家孟娜说:"这新病毒正在显示世界各民族的文明和智慧水平。"这的确也是一场测试。

但痛定思痛,我们把焦点再次放到疫情最初出现的华南海鲜批发市场,聚焦到可疑的野生动物竹鼠、獾、穿山甲、蝙蝠、果

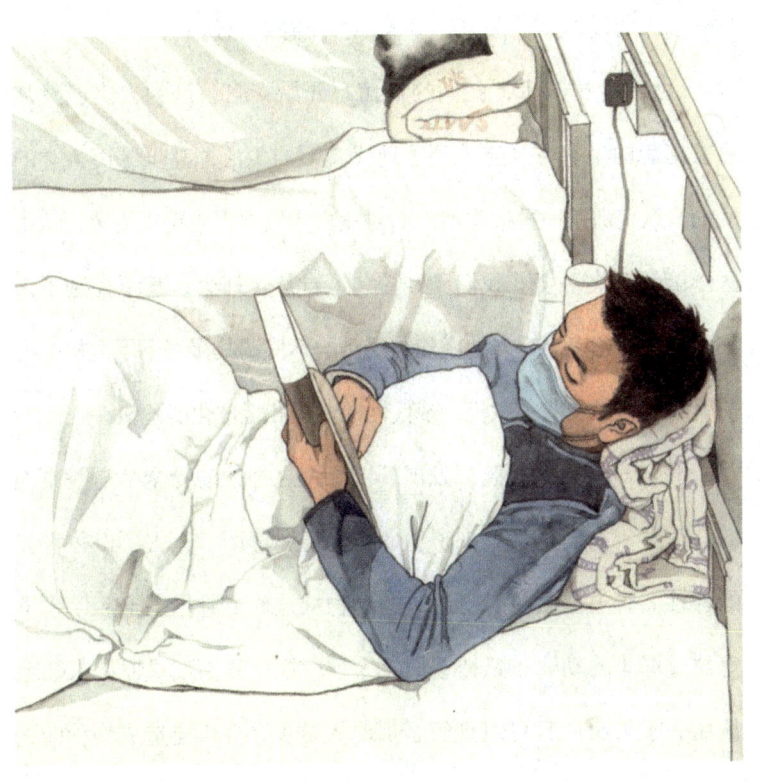

2020年2月,男子在武汉方舱医院隔离期间读书

子狸等动物身上，聚焦到疫情出现之初，模棱两可的说辞，宝贵时间的丧失……我们有非常多的地方需要反思，小到生活方式，大到文明的本质，我们的世界观、价值观、社会发展方式，人与自然、人与动植物的关系，等等，都要好好思索了。

　　由于科技进步，我们的自信心开始膨胀，认为人类已经从过去落后的生存方式进入到了现代文明的生活，甚至鄙夷人类的从前，认定那是一种旧生活。面对死亡我们不再向神灵祈祷，认为医学能够解决一切。我们已经控制了自然、社会，甚至控制了未来。这种高速发展带来的虚幻与严重的不协调其实埋下了危机。疫情就映射出了文明的危机、现代性的危机和全球化的危机。

　　我们对自然的轻蔑，发展到了除人之外的动物全都是餐桌上的一道菜，它们全都失去了生命的价值和尊严，失去了以往世界的神性。人类把威胁自身生命的动物从地球上赶尽杀绝后，也不肯放过弱小的动物，抓捕它们只为了一饱口福。如果原始人茹毛饮血为了果腹尚且可以理解，那时人数少，并不能造成物种的灭亡，今天我们拥有了摧毁一切、捕获一切的巨大能力，早已解决了温饱和生存问题，但我们仍然大开杀戒。

　　一个地球已经无法满足我们各种各样的欲望了。可惜的是，地球只有一个，这也是人类的宿命。人类对地球造成的不可逆的破坏和损毁，已经给人类自身生存制造了危机，甚至是灾难。在我们人为破坏生存环境后，病毒由昆虫和动物传播给人类的概率大大增加了，数千年来，危险的传染病并没增加多少，但这几十年却出现了西尼罗病毒、乙型脑炎、艾滋病、汉塔病毒、亨德拉病毒、尼帕病毒、裂谷热病毒、马尔堡病毒、拉沙热病毒、寨卡病毒、基孔肯雅病毒、非典型肺炎、埃博拉、中东呼吸综合征冠状病毒、新冠肺炎病毒……这么多新病毒的出现，很可能只是无数大规模传染性流行病的先锋。这些新发现的病毒往往反复暴发，快速变异，而人类技术与都市密集的人群又大大助长了疾病流行，人员、商品等因现代交通工具全球快速流动，这也让疾病迅疾传播，现在，世界上已很少有不被传染的地方了。

"非典""新冠肺炎"触及一个微生物的世界。这是我们主动打开的潘多拉魔盒。新型冠状病毒是自1918年西班牙大流感以来，人类从未见识过的病毒。没有哪个病毒像新型冠状病毒这样，同时结合了传染性和致命性这两种特性。我们见识过埃博拉或是尼帕病毒，还有其他很多正在研究中的病毒，这类病毒具有极高的死亡率。一些研究表明埃博拉的死亡率高达80%。但是它们的传染性远不及新冠病毒高，所以它们不会在全世界范围内流行。但是，在它之后，会不会出现更加凶险的病毒？可能还有新新冠状病毒、新新新冠状病毒出现，这绝不是危言耸听。

微生物的世界极小极小，小到无影无形，但它同样是一个无穷无尽堪比宇宙的大千世界。即使沙漠中深达几百米的洞穴，与世隔绝数千万年，科学家也从其中的一滴水中发现了2亿个病毒。南极冰盖之下1000多米深的湖水中，同样也有病毒。人肺里的病毒，平均达174种之多。病毒在地球生态系统中非常活跃，它们把DNA从一个物种搬到另一个物种，改变生物演化，调节生命体的生存，甚至影响地球气候、土壤、海洋和淡水。几千年来，病毒与人类的遗传密码已经合为一体，如人类DNA长链中的序列就源自古代的病毒，细菌与病毒在我们身体里面的数量远远超过了人体的细胞数量，是细胞数量的10倍之多，有的甚至是维持我们生命之必需。对病毒而言，如果它是鸟，人体就是它们栖息的一座大森林。

这一切，如果我们抱持对生命的尊重，深怀万物有灵的敬畏之心，追求与环境相协调的健康生活，有些灾难本可避免。

细菌、病毒，不管我们喜不喜欢，它们始终都会与我们在一起，它们与我们共同拥有这个星球。在人类诞生之前，病毒就在地球上存在了。我们消灭不了，也不能消灭，它与人类是共生体。它们构成了人类与瘟疫抗争的历史。我们总是虚幻地以为自己置身于这样的历史之外，总是以为事不关己。其实，传染性疾病从来就没有中断过，几年就发生一次，大的瘟疫经常暴发，只是我们不愿意面对，不情愿关注！我们选择性的遗忘使得疫情更加猖狂。

公元前430年,古希腊历史学家修昔底德记录了一场长达3年的可怕瘟疫。6世纪中东暴发了鼠疫。14世纪"黑死病",导致欧洲人口减少三分之一。中国的鼠疫,从金朝汴京大疫,到万历年间北方腺鼠疫;从乾隆年间的鼠疫,人见死鼠如见虎,到同治、光绪年间的鼠疫,从来就没有断绝过。霍乱,近两百年间7次大暴发。还有天花、疟疾、麻风病、白喉、痢疾、伤寒、猩红热、斑疹伤寒、副伤寒、流行性脑脊髓膜炎、登革热、黄热病毒、百日咳、麻疹、肠炎等,几乎无处不在。

最近100多年,中国疫情就有1894年广东、香港暴发的腺鼠疫。腺鼠疫曾经是云南的地方病。5年后又在东北营口流行。1910年,因旱獭传染给人的肺鼠疫在东北暴发,沿着铁路线传播,死亡5万人。1919年泰国北部流行霍乱,两个月后传到中国,从潮汕登陆,蔓延到中国几乎所有沿海大城市,再向内陆扩散。

新近的瘟疫则有"文革"时期的流脑,32年前上海地区甲肝暴发流行和新疆的戊型肝炎流行,17年前中国的"非典",今天的新冠肺炎。如果以城市为例,20世纪30年代前的上海传染病几乎年年发生。如果不是亲身经历,我们无以体会。大的瘟疫每天死亡人数达万人,总数近亿,持续时间最长的有300年,往往都是全球流行。

现在，新冠肺炎疫情就在我们身旁暴发，正在上演同样的历史，我们与古代人一样无计可施，同样靠戴口罩防控。还不知道它会给人类造成多么深重的灾难！人类幸运地躲过了一场又一场灾难，延续了生命。但我们常常轻易地就忘记了这样惨痛的历史教训！几十年后，后人也完全可能把今天的这一切遗忘。我们忘记了百年前指导民众战"疫"的公共卫生学家伍连德，后人也同样会忘记钟南山。当年，伍连德解剖尸体发现鼠疫杆菌并确认为肺鼠疫，他采取了隔离、戴口罩、焚尸等措施，调动军队封城，切断交通，与今天出现的情景何其相似！钟南山担任中华医学会第23届会长，伍连德是首任会长。伍连德离开人世只不过60年。

特别值得一提的是，我们是否还要执着地钻研惨无人道的细菌战？在生化武器面前人类到底有多少理性可言？人类也许从没有像现在这么野蛮却还自诩为最高文明！我们可以思考病毒对于这个星球的意义吗？如果人类的生活没有顾及其他生物，只一味按照自己的逻辑去拥抱更加光怪陆离的新生活，以我们善忘的本性，我们如何看护好这个美丽星球？

不可回避的是，病毒进入了人类自身生命的源头，它还将深刻影响并塑造人类的未来与文明。

定稿于江门

2020年3月20日

2020年3月5日,武汉大学人民医院东院,20多岁的上海援鄂医疗队刘凯医生在护送病人做CT途中,特意停下来,让已经住院近一个月的87岁老先生欣赏了一次久违的日落

附

钟南山简历

1936年10月20日,出生于南京。

1937年11月,随父母迁居贵阳。

1942年至1945年,在贵阳上小学。

1946年1月,随父母迁居广州。

1949年,考入私立岭南大学附属中学(1952年更名为华南师范学院附属中学,现为华南师范大学附属中学)(初中)。

1952年,考入华南师范学院(今华南师范大学)附属中学(高中)。

1955年，考入北京医学院医疗系（1985年更名为北京医科大学，2000年北京医科大学与北京大学合并，更名为北京大学医学部）。

参加广东省田径比赛，获男子400米比赛亚军，并打破广东省纪录；随后代表广东省到上海参加全国田径运动会，获男子400米项目第三名。

1956年，作为北京高校"三好学生"之一，受到周恩来总理接见。

1958年，获北京市高校运动会400米跑冠军。

1958年，被选拔参加北京市体育集训队集训，备战中华人民共和国第一届全国运动会。

1959年9月，中华人民共和国第一届全国运动会预选赛中，打破男子400米中栏全国纪录。

1960年，毕业于北京医学院（现北京大学医学部）并留校任辅导员。

1960年7月至1971年8月,担任北京医学院(现北京大学医学部)放射医学教研组助教。

1963年12月31日,与李少芬结为夫妇。

1964年至1966年,到山东乳山参加"四清"运动。

1966年3月,加入中国共产党。

1968年,成为学校的锅炉工。同年,儿子钟惟德在广州出生。

1969年,随下乡医疗队至河北宽城。

1971年,从北京调回广州,担任广州市第四人民医院(现广州医学院第一附属医院)医生。

1974年,加入广州市第四人民医院慢性支气管炎防治小组。

1978年，第一届全国科学大会在北京开幕，与人合写的《中西医结合分型诊断和治疗慢性支气管炎》论文被评为国家科委全国科学大会成果一等奖。

1979年，广州呼吸疾病研究所（隶属于广州医科大学附属第一医院）成立，任副所长。

同年9月，考取公费出国留学；10月，赴英国爱丁堡大学皇家医院进修。

1980年，"GD微型最高呼气流速仪"项目获广东省科技进步三等奖。

1981年4月，赴伦敦大学附属圣·巴弗勒姆医院呼吸系进修。9月，在剑桥大学参加全英麻醉学术研究会，《关于氧气对呼吸衰竭病人肺部分流的影响》的论文被大会通过。在留学期间完成7篇学术论文，11月，学成回国。

1982年，"转基因因子研究"项目获广州市科技成果一等奖。

1983年1月至1986年12月，担任广州医学院（现广州医科大学）副教授（于1985年被指定为中央领导保健医生）。

1984年，任广州呼吸疾病研究所所长；被授予中国首批国家级有"突出贡献专家"称号。

1985年，受聘为国际胸科学会（FCCP）特别会员。

1986年，担任广州医学院呼吸内科教授、硕士生导师。

1987年1月至1993年3月，担任广州医学院第一附属医院（2013年，广州医学院更名为广州医科大学，广州医学院第一附属医院更名为广州医科大学附属第一医院）院长。

1987年，受聘剑桥国际名人学会会员。

1988年，提出"隐匿型哮喘"新观点，被美国胸科协会授予"特别委员"称号。

1989年，首次在国内提出中国慢阻肺患者基础能耗校正公式。

1990年，被评为全国卫生系统优秀留学回国人员。

1992年6月至1994年7月，担任广州医学院党委书记。

1992年7月至2002年9月，担任广州医学院校长。

1992年，担任世界卫生组织全球慢性呼吸疾病（GARD）联盟执行委员会常委，当选为中共广州市委委员，获全国卫生系统"模范工作者"称号。

1993年，当选为第八届全国政协委员，担任博士生导师，受到广东省人民政府通令嘉奖。

1994年，作为中国唯一的科学家代表，参与组织制定联合国世界卫生组织《全球哮喘防治创议》。"哮喘及气道高反应性"项目获中国卫生部重大科技成果三等奖。

1995年,被评为全国先进工作者(即全国劳模)并荣获全国五一劳动奖章;8月,担任北京大学医学部呼吸内科教授、博士生导师。

1995年10月至1996年10月,加拿大蒙特利尔市麦吉尔大学访问学者。

1996年4月,当选为中国工程院医药卫生工程学部院士。

1997年,当选为中共十五大代表;被中共广州市委授予"模范共产党员"称号。

1998年,任第九届全国政协委员,中国工程院医药卫生工程学部副主任。

1999年,被评为北京医科大学六位杰出校友之一;任广州市科协主席。

2000年,任中华医学会呼吸学会主任委员。

2002年，任广东省科协副主席。

2003年，"非典"暴发，以钟南山为代表的医护工作者经长期努力，抗击了"非典"。

当选为全国先进工作者，荣获全国五一劳动奖章、中国医师协会的"中国医师奖"、全国卫生系统抗击"非典"先进个人、全国防治非典型肺炎优秀科技工作者、全国优秀共产党员。当选为第十届全国政协委员，担任世界卫生组织全球慢性呼吸疾病医学顾问。

被广东省委、省政府授予唯一一项特等功，任广东省防治传染性非典型肺炎临床治疗专家组组长，被评为广东省模范共产党员、广东省医德医风标兵。

被广州市人民政府授予"抗非英雄"荣誉称号，被评为广州市优秀党员、广州市精神文明建设先进工作者、广州市"抗非"标兵、广州市"抗非"先进个人。

荣获中国医学基金会"华源医德风范奖"、"半月谈思想政治工作创新奖"、何梁何利科技进步奖（医学药学奖），担任联合国世界卫生组织慢性呼吸疾病医学顾问、大流行性流感专题小组成员。

钟南山及其团队研究人员合著的论文《在广东出现的非典型

病原体》发表在国际临床医学权威杂志《柳叶刀》。

2004年,被评为"感动中国2003年年度人物"之一;被授予中国国内卫生系统的最高荣誉——"白求恩奖章";获中国医师协会的"中国医师奖"、第六届全国图书奖特别奖、广东省科学技术特等奖、广州医学院杰出贡献奖;被评为国务院侨务办"全国侨界十杰",被评为南粤杰出教师、广州市精神文明建设十大标兵。

2005年,当选为中华医学会第23届会长,被评为全国劳动模范、广东省模范共产党员、广州市教育系统优秀党员、广州医学院优秀党员;《解读急性传染性非典型肺炎——预防与对策》获广东省首届优秀科普作品图书特等奖,获广东省科学技术个人特等奖励;成为爱尔兰皇家医学会(FRCPIRE)会员。

2006年,获"中国呼吸医师奖";获"吴杨奖"(特殊贡献奖);被评为广州市精神文明建设标兵。

2007年,被评为全国道德模范(敬业贡献奖)、全国十大科技英才,并被英国爱丁堡大学授予荣誉博士学位;担任呼吸疾病国家重点实验室主任；出任广州市志愿者形象大使。

2008年，当选为第十一届全国人大代表。获广东省科学技术突出贡献奖、欧洲呼吸学会（ERS）终身荣誉会员、广州新侨回国创业荣誉奖，被评选为改革开放30周年感动广东人物。

"应用SiRNA策略研制预防和治疗SARS疾病特效药动物实验"项目获广东省科学技术二等奖，"慢性咳嗽的病因诊断程序、发病机制及其治疗研究"项目获广州市科学技术进步一等奖，"SARS冠状病毒灭活疫苗及相关研究"项目获广州市科学技术进步二等奖。

2009年，当选第十一届全国人大代表，获第五届全国高等学校教学名师奖，被评为"100位新中国成立以来感动中国人物"；受聘贵阳医学院名誉院长、贵州医科大学名誉校长；担任WHO全球慢性呼吸疾病（GARD）联盟执行委员会常委、亚太呼吸年会（APRS）学术委员会主席。

由钟南山院士领衔、共有国内22所医院协作研究而写的论文《羧甲司坦对慢性阻塞性肺疾病急性发作的作用（PEACE研究）：一荐随机安慰剂对照研究》在《柳叶刀》杂志组织的"最佳论文"读者投票中荣获第一名。

"创建防治结合型全科医学人才培养模式，推动社区卫生服务可持续发展"项目获中国国家级教学成果二等奖。

2010年，被评为中国"十佳全国优秀科技工作者"，获澳门科技大学荣誉博士学位。

2011年，成为爱丁堡皇家医学会会员、伯明翰大学科学博士。

2013年，当选第十二届全国人大代表。任广州呼吸疾病研究所所长。任广东省H7N9防控专家组组长，并将H7N9系列研究发表在New England Journal Medicine上，对H7N9防控做出重要贡献。

2014年，获香港中文大学荣誉理学博士学位。

2015年，成功治愈广州首例H5N6患者。

2016年6月，获中国工程界最高奖项——第十一届光华工程科技奖最高奖"成就奖"，国家科学技术进步二等奖，香港大学"港大百周年杰出中国学者"称号。

2017年，证明处于无症状或轻微症状阶段的早期慢阻肺患者，使用长效支气管舒张剂——噻托溴铵，能产生显著的临床效果的研究结果发表于《新英格兰医学杂志》，引发全球呼吸疾病领域的轰动；获美国胸科学会"呼吸医学巨人（Giant）"殊荣。

2018年，入选"100名改革开放杰出贡献对象"；党中央、国务院授予"改革先锋"称号，颁授"改革先锋奖章"，并获评"公共卫生事件应急体系建设的重要推动者"。

2019年，在中华人民共和国成立70周年"最美奋斗者"表彰大会上，被授予"最美奋斗者"称号；入选由CCG（全球化智库）与中国国际人才专业委员会联合发布的"中国海归70年70人"榜单。

2020年1月20日，国家卫健委高级别专家组召开新闻发布会，钟南山任专家组组长；1月21日，科技部成立新型冠状病毒联防联控工作机制科研攻关专家组，钟南山任组长。